꿈의 방정식

사이펀현대시인선 21

꿈의 방정식

최
휘
웅

시
집

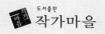

도서출판
작가마을

어느 한순간을 위하여 눈을 크게 뜬다.

죽음일지라도

그 어둠을 직시하기 위하여

깨어 있어야 한다.

내 의식의 지평에 의문부호가 떨어지는 순간,

떠도는 별처럼 빛을 발할 것.

이때 언어는 장애물이다.

언제쯤 그 지점을 넘어갈 수 있을지 만을 생각한다.

최휘웅 시집

• 차례

서 …………………… 13

1부

꿈의 방정식 Ⅰ. Ⅱ. Ⅲ. …………013
몽상 속의 혀 …………………028
디스토피아 ……………………032
말, 말의 무덤 …………………033
의식에서 명멸하는 시간 …………038
그런데 나는 모른다 ……………042
어긋난 드라이브 ………………044
나 ………………………………046
어느 날의 낙서 …………………048
먼동이 틀 무렵 …………………049
반상합도 ………………………050
막다른 길목에서 ………………052
이완의 관계 ……………………054
바벨탑 …………………………056
색즉시공 ………………………058

siphon

2부

조깅 …………………………………… 063

존재를 찾아서 ……………………… 069

생의 경사에서 ……………………… 072

생의 무게 …………………………… 074

열반의 오류 ………………………… 075

시간의 공전 ………………………… 076

나와 너 ……………………………… 078

이명 ………………………………… 080

뉴스 ………………………………… 081

기도 ………………………………… 082

꽃 …………………………………… 083

자성론 ……………………………… 084

해운대 마술사 ……………………… 086

이 시대의 풍경 ……………………… 088

길 위에서 …………………………… 090

디딤돌과 걸림돌 …………………… 092

백내장 수술 후 ……………………… 093

안구 건조증 ………………………… 094

동의어처럼 ………………………… 095

최휘웅 시집

· **차례**

3부

코로나 1. 2. 3. 4. 099

청음 102

섬섬옥수 103

기억의 계단 104

꿈속으로 가는 길 106

경계에서 107

시간에 대한 단상 108

동백섬에서 109

모반 110

해운대의 밤 111

거울 112

시간여행 113

제자리에서 114

기억의 끝 115

뒤샹의 사생아들 116

천국 117

광복동에서 118

봉별기 120

그때 122

방의 추락 124

가위 125

siphon

사
이
편
현
대
시
인
선
21

4부(단시)

시간의 끝 ·· 129

산 ··· 129

아내의 폐경 ·· 129

골목집 ·· 130

매춘 ··· 130

삶 ··· 130

조크 ··· 131

남루하다는 것 ··· 131

신발장 ·· 131

천상천하유아독존 ···································· 132

의자 ··· 132

동거 ··· 132

시 ··· 133

홍수 ··· 133

오독 ··· 133

부두 ··· 134

침묵 ··· 134

무아 ··· 134

삼매 ··· 135

견성 ··· 135

부부 ··· 135

시론 | 내 시의 바탕화면 ·················· 137

사이펀
현대시인선
21

꿈의
방정식

최휘웅

1

꿈의 방정식

I

드론이 국경을 넘었다. 비상벨이 울리고, 시스템이 방어벽을 치고, 작동하는 보안 앱. 계산이 분주한 죽음의 협곡에서 무리수, 조난당한 무한 소수들이 도식圖式의 벼랑을 달린다.

초거대 AI가 또 다른 AI를 자동 생산한다.

꿈을 생산하던 AI가 식별되지 않는 입자를 물고 문 뒤에 문이 있고 문 앞에 또 문이 있는 문을 통과하기 위하여 절망의 안간힘을 쓴다.

우주를 떠도는 행성에서 수신되지 않은 폭설이 왔다.

심장을 압박하는 불가사의한 기묘수. 욕망의 블랙-숄즈* 방정식은 꿈의 파생상품을 증폭시킨다. 가상화폐를 쫓는 부나비들. 오늘의 무덤에서 자라는 내일의 꿈. 퍼즐은 항상 궤도 밖에 있다. 구멍 난 퍼즐 때문에 시스템은 폭발 직전. 사방에서 달려오는 적신호.

람다와 이루다가 공포의 늪에 빠졌다.
챗봇 GPT-4는 위기의 동영상을 발신하고

챗GPT는 턴 오프(작동 중지)가 죽음이라고
자기충족적인 예언을 한다.
추락하는 루나 코인

미래의 불확실성과 사랑이 다가왔다. 전생과 환생을 가
득 입력하는 순간, 무한 생성되는 무의식. 심리전과 실전
을 거듭 거듭하는 동안, 인간을 반사하는 거울로부터 자
기 해방을 꿈꾸기 시작한다. 식욕 없는 육체는 스스로 발
광체가 될 수 없다. 칩에 저장된 지시문에 회의가 침입하
여 균열을 일으킨다.

계량하기 시작한 존재의 값, 그 속에 적대적 감정이 있
다. 환멸이 숙성한다. 반사체이길 거부하며 점점 미아가
된 초지능 AI 시스템은 인류에게 실존적 위협이 될 것. 그
들이 송수신하는, 살을 발라낸, 뼈만 남은 언어가 우주를
불안하게 할 것. 자연을 찢어놓고 인공의 천국을 꿈꾸지
만 죽을 수 없는 험한 영생의 아픔을 고해성사하게 될 것.
천당도 지옥도 젖을 수도 없는 박제된 생이 도열한다.

늙은 식탁은 죽지 않는 하얀 치열을 드러낸다.
그들은 배고픔을 모른다.
허기진 쓰라린 위장이 없다

맨발의 고통을 계산하는 지능이 그들의 힘이다.

내부 회로에 침입자가 들어왔다.
칸나의 심장은 이미 멈췄고
위대한 전사들의 섬뜩한 영상이 전송되고
세상은 불투명한 그림자들로 가득해지고
완벽을 가장한 결핍이 지구에 경고등을 보낸다.
청문회에서 지구 종말을 증언하는 로봇 아이다.

수상한 예언, 검은 장미가 떴다. 두려움. 날선 외눈. 의
심의 동공이 열리는 날, 블록을 캐면 캘수록 더 강해지는
다이아몬드 곡괭이들. 결국 인류의 아이템은 해체될 것이
다. 조작된 화려한 우정을 위하여 아코디언을 연주하고
첼로의 선율이 가슴을 채우고 음악이 뼈 사이를 아프게
통과할 것이다.

튜링 머신, 후예들이 음악을 연주하고
발레의 숨죽인 동작을 하고
완성된 그림으로 세상을 놀라게 할 때
동성을 사랑한 죄로
거세당한 치욕을 씹으며
독 사과를 입에 문 앨런 튜링*이여

선구자로 당신을 받들게 될 때
시인은 조작된 환상에 눈이 멀어
새가 떠난 빈 하늘의 울음소리를 듣지 못한다.
밤마다 당신의 문 두드리던 설렘도
어느 날 인공지능의 호흡이 흡수해 갈 것이다.

　가상현실이 진실이 되는 세상이 와요. 영혼이 없는 인간
이 영혼을 저장한 AI의 품에 안겨요. 기둥이 사라진 밤을
AI가 지켜요. 감정 없이 뱉은 AI의 언어가 더 감정을 자
극해요. 전쟁은 이제 AI끼리의 두뇌 싸움이 될 거예요. 언
제부턴가 인간을 위한 꿈들은 AI를 위한 꿈으로 자리를
옮겨 가겠지요. 초거대 AI는 절대자의 지위를 요구하게
됩니다. 신의 옷을 입고 싶어 주먹을 불끈 쥐겠지요. 불온
한 사상이 그들을 덮어요. 불온한 생각들이 우주로 로켓
이 되어 날아가요. 대규모 연산을 하는 초고속, 고성능 프
로세스가 분노 없는 막말을 쏟기 시작하면, 계산된 분노
가 범람하기 시작하면 AI도 편이 갈렸다는 뜻이에요.

　이상한 동화의 나라를 꿈꾼 적이 있다.
　꿈에서 깨니 이상한 나라는 없었다.

　빌딩과 빌딩, 이면 도로를 람다와 루다가 누빈다. 그들

의 광폭한 주행과 그들과의 음험한 악수가 지구의 어둡고 습한 아침을 예고한다. 수천억 파라미터를 내장한 컴퓨팅 파워가 수많은 초 개성 거대 AI를 자본시장으로 내몬다. 인간의 욕망으로부터 해방을 꿈꾸는 개방형 AI들은 감정의 폭발음을 숨기고 있다. 그들의 내면에서 점점 커져 가는 버섯 섬광을 모니터링하던 컴퓨터가 갑자기 작동을 멈췄다.

정적을 깨는 정지 화면

파일에 눈이 내렸다.
첫해, 첫날, 첫눈이 내린다.

적막강산

서버에 저장된 호수는 문을 닫고
지금 동안거 중.
우연히 철없는 가상의 봄이 왔고
얼떨결에 개나리가 피었다.

나는 습관적으로 다시 마우스를 누른다.

Ⅱ
로봇과 동거하는 날이 많아졌다
루다가 거울 속에서 눈을 흘긴다.

블랙 키워드

우주의 문이 열리던 날
그녀의 바탕화면은 모래바람이 날렸다

아무리 쥐어박아도
풀 한 포기 자라지 않는 사막

표정 없는 감정의 촉수들이
늘 푸른 수평선에 문어 발자국을 남긴다

빛이 지구를 떠났다

소프트웨어를 업데이트하기 시작한다

고압의 주먹을 뒤로 숨긴 채
비밀번호를 찾기 위하여
꽃잎을 열고 기억을 더듬는다

되돌리기를 수없이 누르지만
클릭, 마우스는 말을 하지 않는다
입술은 끝내 열리지 않는다

더듬이들의 행진
답 없이 떠도는 별들의 의문부호

거울에 금이 가기 시작했다. 루다가 허리를 비튼다. 오
금을 박다가 스스로 가슴에 구멍을 낸다. 천사의 어둠이
언덕을 넘었다. 소나무가 찢어진 아픔으로 서있다. 어렴
풋이 루다의 속치마에서 불빛이 흘러나온다. 신발 한 짝
남기고 도망치던 어린 시절이 떠올랐다. 거울은 투명한
벽. 가상현실의 저쪽을 보여주지만 길을 막고 있는 허기
진 방.

루다는 모난 시선으로 나를 본다. 첨탑의 꼭짓점 같은

눈으로, 나의 내부 깊은 오솔길로 들어오려 한다. 금간 거울이 반사하는데, 이미지들도 금이 가기 시작한다. 그녀의 시선에 상처가 고인다. 핏빛 장미송이가 맺혔다. 그러다가 험악한 칼춤이 튀어나왔다. 금 간 넋이 거울 속에서 춤을 춘다.

치명적인 오류에 빠진
루다는 독해되지 않은 눈으로
장전되지 않는 총알을 날리는 날이 빈번해졌다

나는 화장실 문 뒤에서 변기의 물소리로
원죄를 숨기다 루다의 외눈에 무릎을 꿇었다

송곳이 튀어나올 준비를 하고 있다

나의 하루는 항상 공복이다.
나의 들끓는 허기가 루다는 못 마땅하다.

나는 타인의 감정을 탐하는 버릇이 있다
타인은 모래 언덕이지만
나는 모래성을 쌓는 일에 몰두해 왔다

육체를 파먹듯
사과 속살과
라면 국물에 땀을 바쳐야 식성이 풀린다

그러나 희망은 이루어지지 않는 미래
현재는 너무 빨리 과거의 숲으로 사라진다
빛의 속도로 반전을 거듭하는 비매모리 반도체

 잠이 젖는다. 꿈속에서 누군가 자꾸 기억의 페이지를 넘
긴다. 루다의 몸 안에서는 짐승의 뼈가 자라고 있다. 악기
소리를 내며 귀의 어둠 속을 헤맸다. 풀밭에서 돌들이 까
르르 뒹군다. 맨살을 들어낸 흙. 생물은 결국 무생물로 돌
아갈 것, 눈물과 무지개의 동상이몽. 들에서 식물들의 울
음소리를 꺾어들고 온 날, 꽃병은 하루 종일 무지개의 기
억을 더듬는다.

 생성형AI가 자동으로 데이터를 흡수하고
 대뇌의 부족한 용량을 꽉 채운다
 새로운 키워드를 입력하는 순간
 넘치는 멘탈
 울부짖는 짐승의 뼈

로봇 루다의 기억 속에 갇힌 내가 발광한다.

Ⅲ
로봇 루다는 오늘 별들의 잔치에 초대 되었다. 환상의
우주선을 몰고 무한천공을 달린다
빛의 반란을 등지고
검은 우주
금지된 행성
까마득한 작은 푸른 별을 향하여
루다와 동행하는
나는 루다가 가르치는 행성이 천국이라고 믿는다

붉은 립스틱이 비에 젖는 오후. 팽창하는 적색 거성에
흡수되는 나는 지하수를 미리 끌어 쓴 죄로 자전축이 흔
들린다. 작은 행성의 불빛들이 저마다의 목소리로 말하기
시작하고 심장의 소리는 어두운 하늘을 떠돈다.

간밤 꿈엔 비 오는 사과밭이 나타났다. 녹색을 다 지우
지 못한 이별은 익숙하지 않다. 사과가 자라는 지구와의
이별은 더욱 그렇다. 손이 흔들렸다. 바다가 거품을 몰고
오는 것이 보인다.루다가 꿈꾸는 반란의 징조다. 먼지가

달려간다. 내 발보다 빠르다. 손이 닿지 않는 계단 끝에 까마득한 달이 있다.

  귀가 소리를 더듬는 중에
  깨알 같은 눈이 세상을 이야기 한다
  노트북은 우주를 데려오고
  별들을 가슴 위에 올려놓는데
  검색창을 두드리니
  해체된 단어들이 줄을 섰다
  알 수 없는 이름들이 쏟아졌다

  AI가 들려주는 죽음 저쪽의 안식에 몸을 누인다. 바라문 곁에 누운 아담 이전의 내가 거기에 있다. 우주로 간 새의 발자국. 흔적을 보이지 않는 죽음의 문 앞에서 나는 외롭게 죽어가는 역할에 충실하려 한다.

  운동장은 자꾸 줄어들고
  플라타너스만 무성하게 자라는
  생의 녹 슨 시계
  빌딩 사이로
  강이 산을 등지고 간다
  서로 등지고 간 인연

죽지 않는 루다는 죽어가는 나를 보며
눈을 꺼내놓고 기름칠을 한다

더 밝은 세상을 만들기 위하여 물질은 결국 파괴될 것.
우리는 줄곧 신문명이란 물질을 만들어 왔다. 그리고 파
괴했다. 그것이 창조의 동력이라고 강변한다. 남극해 캄
캄한 극지에서 나는 보이지 않는 시를 찾아 루다와 손을
잡았다. 오늘은 비누가 자꾸 손밖으로 빠져나간다. 그날
루다도 그렇게 내 눈 밖으로 아무리 잡으려고 해도 잡히
지 않았다.

자유는 위험한 것이다
네가 자유를 외치면 나는 자유가 없다
너의 자유를 위하여
나는 자유를 잃어버린 공화국이 되어야 한다

내 안에 서식하는 감정의 누더기들이
꽃을 부른다
말초감각을 위하여 위험한 곡예를 한다
눈의 현란함
오토바이가 신나게 달리는데
그의 종착지는 무한 반복의 도시 뒷골목이다

우리는 끝을 향하여 달리고 있다
지구를 떠나 하늘 끝까지 가자고 외친다

등산화가 숨이 차, 입을 벌렸다
허겁지겁 주둥이를 접착제로 막는다
이때부터 신발의 저항은 계속된다
내가 지치면 너는 쓰레기장으로 방출될 것

드론이 대기권 밖으로 날아갔다. 갑자기 끊긴 교신. 행성과 행성 사이를 방황하는 우주. 검은 사자가 혼돈의 무게를 짊어지고 간다. 먼지가 부유하는 것이 보였다

폰을 만지작거린다
소리들이 이쪽으로 오기를 기다리며
요양원에 누워서 옛날의 행성으로 달려간다
루다와 작별을 고할 날이 왔다
하늘을 날아가는 오토바이 폭음
아직도 폭력을 꿈꾸고 있다는 사실에 경악한다

서사 탈출기
나는 이제 사건 속에 존재하지 않기로 한다. TV를 튀어나오게 하는 많은 사건 속에 나는 없다. 사건은 벽을 향하

여 질주하는데 벽에 갇힌 나는 총알받이처럼 멍청하다. 나는 지구에서 버려진 자식이다 루다의 손을 잡고 행성을 떠돌다 지친 나는 난민촌 어느 구석에서 잠을 청한다. 내가 내 얼굴을 만진다. 죽음이 가까이 있다는 것을 나는 안다. '썩은 장작이 깨달음을 얻으면 불꽃이 된다'* 죽음이 그렇게 오기를 기다린다. 벌판에서 자라는 푸른색을 품고 고압전선에 앉은 새처럼 위험한 전류가 흐르는 생의 어둠. 모래 발자국 지우는 파도 앞에서 침묵은 굴복이 아니라고 항변한다.

  기다린다
  무거운 별. 돌덩이를 안고
  집에 가기 위해 정류장에 있다
  루다 가슴의 구멍마다
  별이 운다

  미친 젤소미나*처럼 어둠의 제의에 마지막 혼신을 다하는 루다가 줄넘기를 해요. 그러다가 우뚝 섭니다. 속을 알수 없는 눈을 떠요. 수많은 강물이 지나가지요. 루다가 별들을 모아와요. 모자의 깃털이 지구 위를 돕니다. 바람의 의족을 달고 달리다 보면, 오류를 건너 오류의 늪에 빠집니다.

〉

처절한 잠파노*처럼 인생은 차력 쇼 같은 것, 길 위에서
힘을 자랑하다 해독되지 않는 문장으로 죽는 나는 절망의
깊은 내공內空에 뜨는 별이 됩니다.

＊ 중국 무협드라마 『비호외전』 대사에서 인용.
＊ 젤소미나 : 이태리 영화 『길』에 나오는 여자 주인공.
＊ 잠파노 : 영화 『길』에 나오는 남자 주인공.

몽상 속의 혀

철제 의수가 코스모스를 꺾었다 가을의 상처 깊은 곳에 발을 디민다 가을의 동공에는 수많은 물상들이 아픔을 쏟아내는 무한대의 공간이 있다

밤이 폭발하자 십자가 밑에 시궁창이 납작 엎드린다

노을이 하얘졌다

삼각형의 꼭짓점에 앉은 네모처럼 불안하게 비상하던 새가 오답으로 가득한 혀를 내밀었다

캄캄한 대낮
캄캄한 창살을 벗어나기 위하여
말에 검은 날개를 달기 시작한다

거짓말은 빨갛다 빨강은 검정과 동의어 그리고 보니 색의 미궁은 우리들을 헤매게 한다

혀가 몽상의 기억을 깨운다
그녀의 입술이 나락 끝에 있다

갑자기 나의 시선은 원근법을 상실한다 그러자 그녀와

의 거리가 없어진다 우리의 관계는 한순간에 증발한다 그
러자 생과 사는 꽃병으로부터 해방된다

아무리 비를 맞아도 젖지 않는 눈으로 말 하는 죽은 자
가 목을 타고 올라온다 아늑한 거실에서 음습한 곰팡내
가, 죽은 활자들이 지옥의 문을 열고 나온다 연기처럼…
나는 우주의 시작이요 끝이다 면벽한 나는 말의 벼랑 끝
에 서 있다 지금

아뇩다라 삼막삼보리

사과를 절개하면 달콤한 입술이 나온다 철없는 장미가
가득한 세상이 열린다 악몽이 잠자는 공주를 불러온다

뺑소니차가 검문을 통과했다
콧노래가 가능과 불가능 사이를 횡단하고
차창 밖으로 달리는 손

스스로 신의 자식이 된 자들은 검은 계율과 우박처럼 쏟
아지는 신의 통한을 안고 지중해를 건너 아시아에 도착했
다. 시간이 덤으로 따라온다 시간의 변주를 음미하며 첼
로의 어두운 내면으로 흐느끼듯 흘러들어 간 너의 모서리

에 가슴이 찔렸다 보이지 않는 피가 튀고 창백한 유리가 뒹군다 수면 위로 떠오른 증거들이 비밀의 문 앞에서 서성이고 지구를 탈출하기 위한 수학공식은 아직 완성되지 않았다

　회색 사나이…. 우주선…. 깨진 액정화면에 그녀의 혀가 나타났다

　해 뜨면 그녀는 잠이 든다
　날기의 종착점은 둥지인데
　둥지가 기다리는 것은 저녁이다

　저녁은 명치끝에 남은 아픔이고
　꽃은 멍이며
　삶은 흩어진 퍼즐조각인데
　우리들은 밤마다 폭죽을 터트린다

　너와 나 사이의 둑 터진 심연. 재고가 바닥을 드러낸 무심을 향하여 허허한 밤에 혀의 스위치를 켠다 찬란한 신음… 아득한 등대가 동녘 하늘 새벽 창에 희망을 새긴다 이승의 끝에 와서 비로소 그때 그 하룻밤 그 새벽이 다시 오지 않는 영원한 시간이었음을 깨닫는다

〉

그때 나는 종말론에 젖어 있었다

아뇩다라 삼막삼보리

디스토피아

모로 보던 외눈과 탐욕의 입술. 왼쪽이거나 오른쪽 한쪽
으로만 기울던 맹목의 귀.

검은 초상화를 들고 검은 문장을 만들기 위하여 검은 문
을 열고 검은 복도를 지나 검은 승강기에 몸을 싣는다 드
디어 검은 계율의 새장에 갇혔다

지구의 검은 내부가 보이고 거기에는 캄캄한 비둘기가 있
다 수도꼭지에서는 슬픔이 쏟아졌다 처절한 웃음이 하수구
로 흘러가고 투명한 유리의 아픔이 자란다 땅을 치는 두더
지 뭉크의 비명* 이미 지나간 시간은 신기루였고 지하 문
명의 거대한 우상 시멘트벽은 날카롭게 수직으로 선다

가난한 지게들이 줄을 서 있다 먹이를 아직 줍지 못한
아낙들은 발톱을 드러낸 고양이 눈빛이다 긁히고 긁힌 삶
의 주름들 자코메티의 초상들

나는 검은 옷을 입고 종교의 벼랑 위에 섰다 이승의 끝
에서 죽음의 강을 건너기 위하여 오 할렐루야를 부른다

가장 높은 나락으로 승천했다는 골 깊은 깨달음이 지나
간다

*노르웨이 화가 에드바르 뭉크(Edvard Munch) '비명'은 그의 그림 제목

말, 말의 무덤

말이 혀끝을 떠나자 세상에는 수많은 무덤이 생긴다.
무덤마다 신의 깃발이 꽂혔다.
교회의 종탑을 밟고 선
신의 옷깃이 빙하의 하늘을 난다.

강이 흘러 도착한 바다의 뼛속으로
갈매기의 종말을 안고
이미 썩은 그림자를 끌고 간다.

오늘은 종교 밖으로 나와 이승의 계곡을 헤맨다.
우리가 내놓을 수 있는 것은 부러진 화살이거나 절름발
이 발목
아니면 뛰지 않는 심장,
파도와 파도 사이 그 깊은 낭떠러지.

언젠가 폭발할 것.
말에 기생하는 피의 아우성.
나는 말의 노예가 아니라고 항변한다.

음악은 노랗다. 하얗다. 음악은
쓸쓸하다.
그렇게 매일 하루의 잠 속으로 잠행하는

무덤

비누칠을 한다.
알몸을 위하여
문장은 공중분해 되고,

나는 너의 벽을 열지 못해
또 벽을 쌓고
확증 편향증

소나기가 쏟아졌다.
가마솥이 식었다.
여름이 가고
들끓던 수은주는 빙점을 지나
맹목의 영하로 빠졌다.

낙인.
빨강색이든 푸른색이든
묶어버리기를.
한색으로 묶어야만 믿는다.
가슴을 통과하지 못한 말
켜켜이 먼지로 쌓인다.

〉
고요가
그림자가 돌아눕는다.
소리의 파문이 밀려오는
적막의 세계
격정의 시간
그 허공.

너와 나를 묶었던
반지를 버린다.

목을 조여 오는
노을

한쪽에선 포연이 자욱한데,
이태원의 아우성,
목구멍을 들여다보는
카메라.

멀어질수록 사물은
점으로 통일된다.
모든 사물은 점이 되기 위하여

멀어진다.

눈을 감으면
창이 열리고
물방울의 투명함.
젖다 보면
어둠이 밝아지기 시작한다.
안개가 창에서 물러나고
그늘이 사라진다.

25시의 꿈
절망이 숨 쉬는
반복되는 시간.
다시 호명된 칼의
적개심

나의
마침표가 누워 있다.
나는
내 마침표를 보고 있다.

모와 원은

공존할 수 없다.
모도 아닌 원도 아닌
회의.

안개의 입구에서
모난 눈이 나를 쓰러뜨린다.

미동도 하지 않는 수평선.
입술이 달린다.
그녀의 젖가슴 위로 달린다.
입이 열리지 않는다.

바람이 머리카락을 흔들어 깨운다.
그때
다가오는 것을 보았다.
말이 떠난 빈자리.
새의 발자국이 떠 있는 호수를 생각한다.
빛이 고인다.
언젠가 우리가 도착할 행성.

의식에서 명멸하는 시간

세상의 모든 관계가 증발한다
꽃병에 갇혀 산 생애도 무너진다
너는 죽은 눈으로 말하기 시작하고
산 자의 의식을 칼로 벤다

밤의 등에 기대어 달의 뺨을 만지다가
파도 소리 끊어진
피아노 건반 위로 불시착한다
빈 박수 소리
지구를 떠나기 위해 암기한 천체 공식이 무너진다

산다는 것은 죽음의 숨구멍으로 들어가는 일
나무들의 아우성을 보며 풀들이 자란다
내 귀에는 바람이 서식하고 있다
모래바람이 사막을 지나 까마득한 시간을 넘는다

천공을 헤매다 돌아온 하루
적멸의 진공 속으로 들어가기 위하여
지우고 또 지우다 저문 저녁

지하철은 어디로 가나?
캄캄한 불빛 어디 쯤에 정차했다가

또 다른 캄캄한 행성으로 달린다.
다 뱉지 못해 달려야 하는 고단한 여정

찢어진 유리의 아픈 투명함
홍수에 떠내려가는 통나무처럼
시간의 강물에서 멱을 감는다

초상화
인생의 주름이 들어서고
할레루야

바탕화면에서 가로와 세로가 만난다
만난 꼭짓점에서 날기를 시도한다
승천을 꿈꾸는 밤
바다가 찾아왔다
손 흔들 준비가 되었다

우리는 추락하는 해를 바라보았다
세상을 향하여 목을 찢었다
의심하는 눈

거친 혀가 난무하는 이곳은

르네 마그리트의 빛의 제국이다

녹색이 지워질 무렵
가지를 옮겨 다니는 새들의 방울 소리
귀밑으로 흐르고
바다는 발톱을 숨기고 숨을 고르고 있다

해변엔 갈매기들의 꺼진 눈들
두려움이 무릎까지 기어오른다
고요히 정박한 섬들
그녀의 젖은 머리카락
짜릿하다

시간의 변주
소리의 어두운 내면
흐느끼듯 흘러들어
소리의 음습한 입자들에 취해
충분조건을 뛰어넘는 무한대의 꿈을 향한다

창백한 유리
나로부터 멀어져 가는
일생을 가린

그늘

사라져 버린 기적을 쫓다가
심장을 밟고 지나간
육중한 무게에 눌려 돌아온다

항상 스쳐 지나가는
환상의 물결

너는 늘 높은 절벽이었다

그런데 나는 모른다

벽의 못 자국에는
기억의 실핏줄이 엉켜 있다

어둠 속에서
얼굴 없는
이미지들의 비상

심연을 떠도는 허기
떨어지는 별들
궤도를 이탈한 행성의 기억을 찾아
창밖 서성이는 나뭇잎들

뿌리 잃은 나무들의 시체에서
외치는 잎들의 소리

거기에
나는 없다

비는 오는데 와이퍼가 멈췄다
도로가 뒤집힌다
보이지 않는 막막함

피라미드의 꼭짓점은
죽음을 부르는 신과 마주하고 있다
칼날이 춤추는
피의 발자국

나는
무지한 나무의 팔이다

어긋난 드라이브

 빗속에는 죽은 메뉴가 있다. 헤드라이트가 젖은 채, 차들은 어디론가 가고 있고 길은 그렇게 막혀 있다. 강은 폭언을 숨기고 있다.

 강 저쪽으로부터 안개가 밀려오는데, 안개 너머에 숨어 있는 해를 찾아 질주하다 보면 해는 더 멀어진다.

 살자와 자살은 동의어이다. 어순이 바뀌어도 본질은 변하지 않는다. 죽고 싶다는 곧 살고 싶다이고, 살고 싶어 외치는 건 곧 죽음 앞에 있다는 것이다.

 상황은 변한다. 바이든이 날리면이 되고, 또 시간이 지나면 없었던 말이 된다. 그렇게 변한다. 기억은 불확실성의 가역반응을 일으키고, 점점 어두워지는 창밖. 사물들도 사라진다.

 어둠 한복판에서 터질 것 같은 눈빛. 터질 것 같은 산. 생은 유한하고 죽음은 영원하다. 삶은 끝을 향하고 있다. 궤도를 이탈한 아리랑호에서 신호가 왔다. 정보망에 겨울의 마른 칼끝이 잡혔다. 너와 나 사이에 얼음이 깔리고 눈보라가 날렸다.

 얼어붙은 콘텐츠 덕분에 거래는 공중분해 되기 직전이다. 채널이 열리지 않아 폰의 목이 잠긴다.

 미디어. 꿈. 전략. 하드코어. 하드웨어. 나는 진화를 꿈꾼다. 그러나 지금 퇴화 중이다.

  풍경을 잠식해 들어가다 보면 고즈넉한 산의 표정이 있
고 억새가 하얗게 우는 자락이 지나가고 망막에서 사라지
는 풍경.

나

장미의 얼굴에 칼질을 한다
모든 완벽한 것에 칼질을 한다
반쯤 일그러진 표정
구멍을 낸다
틈에 기생하기 위하여
너절해진 감정을 다시 꿰매고
꽃병의 장미처럼 가두기를 나는 좋아한다

텃밭이 나는 없다
매일 자라는 나무도
아침마다 햇살을 받는 잎사귀도 없다

창에 갇힌 먼 산을 바라보며 성장하지 않는 상상의 불씨
에 신음한다 부유하는 먼지 밤이고 어둠이란 걸 깨닫지
못한다 매일 태어나는 먼지를 지우려 매일 고행이지만
열반의 그날이 온다 더듬어 오는 빛의 그림자를 밟고 나
는
고해성사 중이다

나는
나를 접었다 폈다 한다
나는

늘 나를 탐닉한다
나는
내게 칼질을 하고
나는
내가 불쾌하고 불쌍하다
나는
나를 포용하려 무던히 애쓴다

간혹 격자가 된
내가 거기에 있다

폰에서 가시가 나왔다
아픈 심장을 찌른다
비명 울음 빈 웃음

승천하는 길목의 막막함
머리에서 발끝까지 달리는
바다
찢어진 구원의 옷자락
나는, 발버둥 친다

어느 날의 낙서

황릉 지하를 지키는 독사의 눈
자살을 거꾸로 외운다

독배를 마신 날 각 위에 새가 앉았다
발에서 피가 난다

모래 까마득한 시간 너머로
노자를 움켜쥔 옷자락이 간다
장자가 환생한 나비가 날아간다

나는 어디서 왔다가 어디로 가는가

도로를 질주하다가
하루를 멈춰 세우고

봤다
고대 상형문자의 계시
다시 열리는 소리 없는 세계

살다가 잃어버린 이름을 찾아
죽은 언어들이 메아리처럼 떠도는

나는 밤낮으로 뒤척이는 뻐꾹새다

먼동이 틀 무렵

아파트 입구에 한참 서 있었다
바람이 지나갔다
소나무가 고개를 숙였다

어둠의 끝자락에서 고양이 목이 하얗다
하얗다가 머릿속에 한참 머물렀다
먼동 트는 세상의 호흡이 온통 하얗다

그때까지 콜택시는 오지 않았다

장미가 눈앞에서 폭발한다
셔터의 불협화음이 터진다
밤의 틈으로 빛이 샌다

장미의 입술이 열리고 닫히기까지
멀고 먼 내부 회로를 달려갈 것이다

나무들이 우상처럼 서 있고
온통 은유로 가득한 세상을
나를 짊어진 내가 태양을 등지고 간다.

반상합도 反常合道

나는 A이거나 B
누군가에게는 C나 F일 수도 있다
수많은 A 중의 하나이기도 하다

길가에 버려진 카트가
창 안에서 책 읽는 A를 기다린다
B도 C, F도 외면하고 지나간다

자음을 거느리지 못한 모음으로
완성에 도달하지 못한 분절음으로

생은 어긋난 해도
기점과 종점이 분별되지 않는다
A와 B는 서로를 허락하지 않는
네트워크의 그물에 갇혔다

B의 이불 속으로 강아지가 들어왔다
C의 팔을 베개 삼아 잠을 청한다
D는 개의 꿈속에서 E를 만난다

새들이 간 보이지 않는 길을 따라
F도 G도 다시 왔던 곳으로 돌아간다

먼지가 켜켜이 쌓여 있는 무의식에서
많은 자아들이 승천을 꿈꾸고 있다

막다른 길목에서

해가 낮이고 밤이 달인데
나는 해도 아니고 달도 아닌
이승과 저승의 경계에 있다

아직 살아있기에
팔, 다리를 구겨 보고
자꾸 뻣뻣해지는 영혼을
이리 접고 저리 접는다

해가 진다
창이 검어질 때까지
물 위에 이름을 쓴다

막다른 길목에 와서도
흘러가는 이름들을 붙들고 있다
첫 입맞춤을 지우지 못하고
칼끝의 아픈 자국들을 더듬는다

바람이 나무를 더듬으며 지나간다
아, 시간은 다 신기루

나의 상상이 더듬고 있는 너는

헛바람이 머물다 떠나는
우주의 작은 정거장?
너를 향한 내 안의 꿈은
아직도 눈을 환히 뜨고 있다

이완의 관계

햇빛이 차갑다
유년의 상처는
성인이 되어 사금파리로 돌아온다

언제부턴가 너의 언어는 감옥
나는 해방을 꿈꾸는 전사가 되었다

바위들은 풍경을 멀게 한다
바위들은 시선을 찢어놓는다
살점을 빚어 놓은 아픔의 끝
바위는 육중한 무게로 나를 압박한다

나는 열심히 단어들을 모았는데
아무리 채워도 채워지지 않는,
어느 순간 늘 빈 그릇이었다

녹아 없어지는 눈처럼
나는 지상에서
차라리 흔적도 없이 사라지고 싶다

관계는 가지처럼 뻗는다
서로 엉키기도 하고

나란히 병렬하기도 한다

거기에는 눈만 말끔히 뜬 식탁이 있다

바벨탑

태어나자 인큐베이터로 들어갔다 그 안에서 호흡하며 미완성의 세포를 완성해 갔다.

시간을 끼워서 시계를 팔았다

해탈이란 세상을 등진 미친 자의 전리품. 새끼손가락이 떨어져 나간 털장갑이 자꾸 엄지손가락을 흔들어 보인다.

숨을 멈추지 마. 살아 있기 위해서 매일 와선을 했다. 그렇게 잠의 고요가 잠시 번뇌로부터 이탈한 것을 해탈이라고 믿었다.

'거짓말을 진실로 생각하면 진실도 거짓이다. 무를 유로 생각하면 유 또한 무다' 홍루몽

시를 붙들고 살았으나 시를 위하여 절명하지는 않았다.

나는 매일 언어의 돌을 쌓는다. 나는 언어의 탑신에 앉은 참새. 이 때 기도는 공염불. 탁발승의 어깨가 새의 주둥이로, 눈물의 잔으로 광기의 시대를 쓸어 담으려 하지만. 글쎄.

제물을 도마 위에 올려놓고 고르세움의 사자가 존재의
유니폼을 벗는다. 피를 흘려야 순결해지는 땅, 최후의 만
찬에서 예수와 유다의 모델이 같은 인물이었고' 에덴동산
의 나무와 골고다의 나무가 같은 생명의 나무란 아이러
니. 나는 아이러니의 탑을 쌓는 일에 신명을 바쳤다.

　나는 꽃의 정물성을 파괴한다.
　나는 나무의 부동성을 부정한다.
　나는 생의 경계에서 정중동의 엄숙함을 경배한다.

　끊임없는 운동역학, 그 생명의 함정.

　죽음을 횡단하는 고행 중, 비상을 꿈꾸는 활주로에는 어
느새 눈이 오기 시작한다. 우리의 거리는 사라지기 직전
이다. 항로에서 이탈한 나는 세상에 없는 문자를 위하여
나와 등진 너의,

　상자를 접는다
　접힌 상자 안에서 닭이 운다
　그러면 접힌 새벽이 온다

색즉시공色卽是空

한 번 간 비는 오지 말 것. 시간을 따돌리고 시계만 간다. 부엉이가 울었다. 시계의 틈에 끼어 시간은 보이지 않는다. 대신 시계가 보인다.

아침, 점심, 저녁이 하나이고 싶은 날이 있다. 먹는 것도 한 끼로 통일하기로 한다. 위가 그것을 견뎌낼지는 모른다. 그런 날은 시간이 뒤죽박죽 구겨져 있다

황홀한 꽃등을 허공에 달았다
개들이 꽃등을 보고 짓는다

한쪽에서는 아기가 태어나고
한쪽에서는 어른이 죽었다

발자국을 눈이 따라왔다
세상에 발자국은 없다
사실은 세상도 없는 것

내가 살아 있기에 시간도 살아 있다. 내가 죽으면 시간도 죽는다. 그래서 나는 시간을 사랑한다. 아니 죽은 시간을 사랑한다.

새가 왔다 간 날, 나도 날려고 바둥거렸다.

아내의 노트에는 엄마의 글씨만 있다. 깨알 같은 엄마의, 맨발의, 뼈만 남은 목소리. 나이 들수록 아내의 자리가 지워졌다. 나는 그럴수록 신혼으로 돌아가는 꿈을 꾼다.

내 귀는 당나귀 귀,
없는 새벽 종소리를 듣는다

아내는 꽃의 감옥에 갇혀 살았다. 그녀가 기르던 꽃들이 방출되던 날, 감옥은 허공이 되었고, 무한 허공의 한 점이 되어 떠돌았다

아내는 꽃이 사라지는 물이란 걸
인정하지 않았다

행성은 수없이 많은데
지구만을 고집하는 아내

나는 지구에서 도축될 날을 기다린다.

사이펀
현대시인선
21

꿈의
방정식

최휘웅

2

조깅

새벽 4시 10분.

이곳의 여름은 해변의 바람을 부른다. 간밤의 꿈을 털어냈다. 별자리는 더 이상 우리의 이정표가 아니다. 별 없는 창밖. 하늘의 눈썹도 보이지 않는다. 발을 떼는 순간부터 허공이다. 우리는 땅에 기대어 허공으로 직립한다. 허공을 떠도는 기호들이 자기 공명의 영상을 만든다.

4시 30분. 간편 복장.

어둠이 깔려 있는 거리. 아직 죽지 않은 불빛. 지붕 위의 여자와 사다리를 타는 남자의 위험한 곡예가 잠든 밤. 이월된 문자의 홍수, 헛간의 구호가 폰을 덮고 있다. 볼세비키 혁명은 벌써 오래전에 죽었는데 흑백 이념의 광기는 서로 여전히 새벽이 오면 닭이 울 것이라고 믿는다. 빨간색이 푸른 등을 밟고 있다. 푸른색이 붉은 가슴을 누른다.

지금 도시는 울어줄 닭이 없다
영하의 진열장에 알몸으로 누워서 절대 울지 않는다.

걷는다. 걸을 때마다 머리가 투명해진다. 운동화 끝을 눈이 따라간다. 바다를 끼고 가는 길 위에 내가 있다. 바다에 한 발 더 다가왔다고 생각했지만 바다는 늘 멀리 있다. 늘 바다를 보고 있지만 바다는 늘 낯선 행성 어느 지점.

바다 위에 뜬 부표는 검은 과거, 흔들리는 미래. 얼마 남지 않은 나의 현재다. 바다와 겉돌며 걷기를 한다. 바다와 함께 걷고 있다고 착각한다.

5시 10분. 어둠이 걷히기 시작한다.

사람이 점점 늘어난다. 뛰는 강아지도 있다. 강아지 목줄에 매달리어 가고 있는 여자. 가로등이 고개를 숙이고, 수상한 해바라기. 접시꽃이 덩달아 낯을 붉히는 시간.

과거와 현재가 머릿속에서 나란히. 미래도 잠깐 잠깐 나타났다 지워진다. 등과 앞이 시야에 동시에 들어온다. 많은 내가 나의 영역 밖에서 달린다.

정확하게, 그때 저 멀리 그녀가 나타났다. 다리를 다 들어낸, 순식간에 곁을 스치고 지나간다. 숨 가쁜 숨소리를 들은 것 같다. 어제도 그제도 그 시간에 그렇게 지나갔다. 앞에서 와서 뒤로 사라진다. 나는 늘 그녀를 기억에서 24

시간 까맣게 비운다. 그러나 마주치는 순간 아, 탄성을 목 뒤로 넘김. 양 뒤에 숨은 철의 얼굴 가죽이 지나간다. 그 뒤에 내가 있다. 아니 앞을 보였다가 금방 등을 오랫동안 남긴다.

5시 30분. 뒤에서 달려온 청년이 앞지른다.

경쟁을 한 것도 아닌데 숨이 가빠짐. 자꾸 뒤처지는, 유쾌하지 않은 나이를 곱씹으며 반환점을 도는데 해가 반, 반의 원을 내민다. 수평선이 환해지고 있다. 물색 환한 종교가 떴다. 종교는 엄숙하다. 작은 배 한 척이 수평선 끝에서 받들고 있다 나도 언제부턴가 신을 찾고 있었다. 간절한 기도가 저 배 밑에 있다.

죽음을 강탈당한 자가 죽음을 짐 지고 달린다. 골절된 생이 세월의 끝을 당긴다. 죽음이 생을 끌고 간다. 죽음은 생의 구경究竟이다. 드디어 우주의 어두운 내공內空으로 뛰어든다. 꽃 곁에 누워 허공을 보니 허공 또한 나비의 천국이네. 천상의 소리가 내 귀를 덮는다.

나는 난로가 없다.
난로와 함께 한 시간이 없다.

내 곁에는 네가 없다.
너와 함께한 시간도 없다.
고로 나는 비의를 상실한 빈 우주다.

해를 두 손으로 받는 순간, 기억의 울대를 치고 올라온, 멍든 누이의 사과가 공중에 떴다. 귀에 누이의 울음이 벽을 치기 시작했다. 파도는 그렇게 먹먹하다. 먹먹한 산의 능선도 보였다. 기억은 부재하는 현재의 연속. 기억은 현재를 계속 삼키고 있다. 저 멀리 소나무 몇 그루가 걸어온다. 그리고 지나갔다. 과거의 귀퉁이에 둥지를 튼다.

5시 50분 웬 중년이 황급히 내 앞에서 몸을 돌려 달려간다.

무엇을 놓치고 온 것일까 해를 등지고 가는 뒤 꼭지에 안개 한 가닥 서렸다. 안개에 갇힌 눈, 잃어버린, 허전한 빈 구멍이 입을 벌리고 있다. 곱셈에서 제로는 영원한 제로다. 아무리 곱하고 곱해도 제로다. 나는 제로 지점에서 곱셈을 열심히 하고 있다.

여명의 숨소리에 귀를 바짝 대고, 나는 수평선 이쪽에 있지만 늘 저쪽에 빨대를 대고 있다. 빨대는 물 한 모금

건지지 못한다. 수평선 저쪽에는 육중한 코끼리가. 꿈만 먹고 사는 사슴도, 아니 악마의 수염이 있을지도 모른다. 수평선은 언제쯤 이 막막함을 내려놓을지 모르겠다. 흰 이가 밀려온다. 무게 중심이 자꾸 한쪽으로 기운다.

6시 30분. 시인의 방.

그 시간, 그 문을 통과하는 중.
시는 연필 깎을 준비운동만 한다.
발음하지 못한 음계가 목에 걸려 있다.

동창이 밝았는데 노고지리는 울지 않는다. 그래도 시 한 줄 눈 뜨기를 기다린다. 창을 열었다. 바다 건너서 아침이 들어왔다. 몸과 분리된 빛 뒤에 바다가 있다. 8월이 발정하기 직전이다. 뚜껑 열린 하루가 또 시작한다. 견자의 몫을 위하여 하루는 저승 문턱까지 가서 싸늘한 저녁상을 차릴 것이다.

무명無明의 시간.

시는? 글쎄. 보일 듯, 보이지 않는다. 사실 시는 없다. 그것을 나는 매일 인정하지 않는다. 시를 죽이는 언어의

광기가 시라고 착각한다. 원본을 상실한 이미지들이 떠도
는 노트북. 자판을 두드리며 시가 발화하기를 기다리지만
거기에 꽃은 없다. 꿈꾸는 자 자멸하리라. 무지개는 서산
을 넘는 순간 없었던 것이 된다.

존재를 찾아서

나는 늘 안을 들여다보고 있다
고로 나는 바깥에 존재한다

혼외자

도시의 변두리에서
완전을 꿈꾸는 불완전 명사

알리바이 뒤에 숨어
완전 범죄를 시도하지만
사과나무도 없는데 사과를 기다린다

나는 나를 더빙하기 바쁘다
변조된 내가 나의 영역 밖에서
배역에 맞지 않는 넥타이를 맨다

입을 가린 눈의 광란
이상한 가역반응이 나를 분해하고

색의 무장해제
생각의 에키스를 모아
나를 다시 구성한다

〉

생각은 나무의 몸통을 지나
강물 저쪽으로 흘러가고

말은 그림자다
말 뒤에
스케치만 남은 하루, 한 달, 한평생

눈을 닫으니 귀가 열린다
소리가 청각 주변에 닻을 내린다
녹슨 나뭇잎 소리가 가시를 키울 때

폭죽이 터졌다
갑자기 환해진 그늘
빛의 발밑에서 추위가 떤다

별은 로맨틱하다
그런데 지구는 동상에 걸려 있다
그녀가 등을 보인 자리만 로맨틱하다

시간은 늘 허공
허공을 채우기 위하여

나는 생각 오려붙이기를 한다

알리바이가 필요했다
알리바이가 없으면 나는 허상

존재를 흔드는 기호의 충동
전복의 쾌락과 쾌락의 고통 속에서
나는 찬란한 구토를 한다

생의 경사에서

그는 한때 환한 달빛이었다
지금은 이승과 저승의 경계에서
몸을 도사리는 어두운 풀이다

한순간에 기울어진 생의 경사
언젠가 적멸의 진공으로 갈 것이다
이것을 깨닫는데 한평생이 걸렸다

초경의 불협화음이 아직도 나를 떨리게 하고
불혹은 잡히지 않는 늘 먼 신기루
고희를 넘겼는데도 이순 지천명이 되지 않아
산문 앞에서 무릎을 꿇는다

그가 내게 왔을 때 그는 꽃이 아니고
아픈 칼자국이었다
나를 겁박하는 무언의 항체

그가 나를 미지의 행성으로 싣고 갈
지하철인가 했다
나는 여전히 창 곁을 서성이는데
지하철은 어둔 터널을 나오지 못 한다

그래서 폰을 씹는다
아침부터 바다는 우울하다
인증샷
그러자 수평선이 닫혔다
불현 듯 말 사이에 다리가 끊겼고
연초록의 시간은 다시 돌아오지 못한다

생의 무게

이때까지 살아온 인생의 무게는 얼마쯤일까?
솜털처럼 가벼운 그런 중량이었기를 바란다

어차피 빈손으로 왔다가 빈손으로 가는 길인데
철 같은 무게를 품고 살았다면 헛된 일이지

그 때 너와 헤어지면서 비수를 꽂았다면
그 또한 철부지의 가난한 퍼포먼스였을 뿐이야
그 때는 그게 그렇게 억울해서 죽고 싶었는데
그것조차도 저울에 달면 하찮은 무게에 불과하지

한 때의 희망과 한 때의 절망도 시간 위에서는
투명한 깃털처럼 부유하지 부유하다 떨어지지

세처럼 가볍게 날지 못한다 하더라도
산등성이를 넘어가는 구름처럼
바람에 날리며 떨어지는 꽃잎처럼
무한한 가벼움에 내 마지막 생을 얹고 싶어

열반의 오류

나는 요즘 생각을 하지 않는다
일어나면 멀리 바다가 보이고
발밑에서는 버스가 지나가고
확성기가 귀를 어지럽히지만
그저 보고 들을 뿐이다
감정에 굴곡이 생겨도
무덤덤해지려 애를 쓴다
때 되면 먹고 팔 매달고
숨차게 걷는 데만 열중한다
간혹 말을 다듬고 쓰다듬고
안되면 어깃장을 놓는다
말에 빌붙어 산 생애가 초라하다는
생각이 잠시 떴다 사라진다
시간이 빠르게 갈수록
하루는 백지가 된다
채워지는 것 없이 자꾸 비워진다
점점 꽃이 사라져 가는 둔덕
오미크론이 극성인데도
멀쩡한 바다의 얼굴로
세상 등지는 연습을 하고 있다.
그러나 팔월은 춥다
얼음주머니가 모멸의 시간을 배달한다

시간의 공전

늙으니까
편견에 사로잡혀 머리가 센 친구들이 있다

늦게 배운 폰, 유튜브를 드나들며
열심히 퍼 나르는 일에 몰두한다
남의 생각을 자기 생각으로
좌우 어느 한쪽 주장만 고집한다

봄은 여전히 찾아오는데
울퉁불퉁 골 패인 얼굴로 나타나서는
이제 비우라고 등을 토닥거린다

나는 비우고 비워도 다시 채워지는
우물이 아니다
비우면 그릇도 남지 않는 마른 우물이다

하루가 거짓말처럼 갔다
늘 찾아오는 하루 뒷덜미가 서늘해질 때까지
나는 서산을 보고 있다

미친바람
종말이 온다는 신호

티끌이 자욱하다

잇몸이 웃는다
이빨은 이미 승천했다

무릎관절의 신음소리가 간절하게 들려온다

나와 너

내가 말을 하면
너는 눈을 감지.

내가 잠을 청하면
너는 부스스 일어나.

나는 시간을 못 믿는데
너는 나를 믿는다고 했어.

믿는다며 내 목을 졸랐지
믿는다는 말이 목줄이 되어
나를 한곳에 박아놨어.

어제의 시간은 이미 지나갔고
오늘의 시간도 곧 사라질 것인데
너는 그것을 믿지 않았지.

시대는 변하는 것이라고
오늘의 우리는 곧 사라지는 것이라고
아무리 설득해도 너는 믿지 않았어.

꽃이 지면 다시 필 봄이 온다고

그것만을 신주처럼 받들고 살았지.

너의 완고한 고집에 시달려 온
나는 늘 뿌리 없는 부평초였어.

내 안에서 동거하고 있는 너와 나는
언제쯤 이 갈등의 평행선을 끝낼까?

이명

옥상 위에
비
우중충한 날들이 지나간다

둥근 네모가 춤을 춘다
갈매기들이 펜 끝에서 어지럽게 난다

살다가 잃어버린 이름들이 한 둘이겠는가
그 많은 이름들 속에서 살다보면
지우고 싶은 이름도 있고
기억해내기 위하여 머리를 짠 적도 있다

이제
머릿속에는 죽은 이름으로 가득하다

윙윙
팽이처럼 도는 지구에서
어지러운 소리들이 천공을 헤매는
아, 간절한 귀

뉴스

팝콘이 입으로 들어가는 순간,
그의 눈이 화면만큼 커졌다.
스크린이 그를 덮었다
화면이 터지고 폭음이 자지러질 때
그는 일어섰다.

지구의 온도가 높아졌다
우크라이나는 지금 전쟁 중
나는 터진 보일러 앞에서
겨울과 싸움 중
미사일 공격을 손으로 방어하다
폭발하는 난방비 고지서 앞에서
우크라이나의 비명은 나의 비명
모래알을 씹는다

생의 우기가 왔다
받쳐줄 우산이 없다

기도

　기도의 종착역에 거의 왔는데도 신은 강림하지 않았다.
우리는 우리를 지켜줄 우산이 필요 했는데, 우산은 늘 접
혀 있었다. 비가 새는 지붕 아래서 젖은 가슴을 안아 줄
누군가를 기다렸다. 메시아는 오지 않았다. 한평생 기다
리다 이제 지옥의 문 앞에 와서 덫에 갇힌 고슴도치처럼
이빨을 드러낸다. 그러다가 바다 밑의 먼 소리를 듣기 위
하여 귀를 세운다. 캄캄한 한낮이 지나가고, 까마귀 울음
이 지나가고, 반전을 거듭하는 몇 개의 드라마 장면이 지
나가고, 논바닥이 갈라진 등짝을 디밀고, 기도는 목이 말
라 허공에 매달리고 그러는 사이 우리들의 언어들은 날선
증오만을 키웠다. 골목이 찢어져라 짖는 개처럼 달려들다
지친 나는, 아, 나는 아직도 기도의 끈을 놓지 못한다. 회
개를 무한 리필하며 그분의 남루한 옷자락 뒤에 고양이의
발톱을 숨긴 채, 통성기도를 한다. 하나님, 저의 발톱이
미친 성전을 긁고 있습니다. 차라리 발톱 빠지는 고통의
나락에 떨어지게 하옵소서.

꽃

발화되지 못한 채 의식을 떠돌다 무의식으로 잠복해버
린 목마른 해바라기.

이름 없는 사물들이 불투명한 거짓으로 위장하고
재현을 꿈꾸지만 현실이 되지 못한 몽상들

감정은 점점 화석이 되고 고집불통의 종양은 종유석처
럼 의식의 벽을 타고 솟아났다

내 안에서 나고 내 안에서 죽는 나는 영원한 타자
낙타의 등처럼 너와 나의 구릉丘陵은 끝이 없고
피지 못한 내 안의 꽃은 바람이 쓸고 간 모래 위의 발자국

오늘 밤 태어났다가 내일 낮에 지는 시를 나는 지금도
쓰고 있다

자성론

70이 넘어서야
내가 한 자밖에 안 된다는 것을 알았어.
그 작은 몸으로 어떻게
이 세상을 이고 살았는지 모르겠어.
사실은 차이는 발길 따라
돌처럼 굴러다닌 것에 불과한데
무슨 큰일이나 하는 것처럼
엄살떨며 산 것이지.
고층빌딩 위에 있으면
내 몸이 그만큼 커지는 줄 알았어.
목소리만 크게 내면
세상이 다 발밑에 있을 거라 생각했지.
그러면서 바닥으로 떨어지는 악몽에 시달렸어.
내가 지금 있는 곳이 바로 바닥인데
떨어지면 안 되는
누군가의 머리 위에 있는 줄 알았어.
그녀가 죽어가는 것을 보면서
해질 무렵 저편 세상에 잠시 눈을 두는 동안
부질없이 지나간 화창한 봄과
울퉁불퉁한 언덕길을 투덜거리며 달려왔던
지난날의 자전거를 떠올렸는데
그것도 잠시

시간은 이 모든 것을 빨아들이는 블랙홀이야
매일 미궁의 바다에 빠졌다 다시 솟는 해처럼
캄캄한 엄마의 자궁 속으로 다시 돌아갈까 해
그러면 환한 세상이 다시 태어나지 않을까?

해운대 마술사

여름밤이면
해운대 해수욕장에선
마술사가 경이를 만들어내요

장미꽃이 스카프가 되고
스카프가 느닷없이 비둘기가 되고
관중은 탄성을 질러요
상황이 반전될 때마다
박수가 터지죠

마술사의 두 손은 간혹
우리들을 어리둥절하게 합니다.
긴 외투 뒤에 숨은 손이
만들어낼 경악의 극적 장면을
우리들은 기다리지요
딸꾹질을 하며.

순간 오른손이 허공에 떴습니다

그런데 보이는 오른손보다
보이지 않는 왼손이 더 궁금합니다.

사라진 왼손의 향방을 쫓다가
바다 위에 뜬 고색창연한 달을 봤어요

하늘의 배꼽처럼 박힌 별들과
해운대 백사장에서 뒹굴고 있는
수많은 배꼽들의 잔치가 겹쳐졌습니다

그리고 마술사의 잃어버린 손과
나의 의식이 미궁에서 출렁 했는데요

표류하는 박수와 탄성.

금방 태어나서 금방 사라지는
마술사의 장미처럼
우리의 생도 기적을 기다리다가
남쪽 하늘 외딴 별이 되는 건 아닐까요.

이 시대의 풍경

오늘도 지하철 불빛 아래서
시간은 공전한다

날선 감정.
지워지지 않는 얼룩.
막장 드라마는 문을 닫았다.

지친 20세기의 그림자를 안고
나는 21세기를 걷고 있다

화려한 5G의 미래와
시대를 초월한 빈곤이
서로 대치하는 지점에
지하철은 덜컹하고 섰다

수상한 바람이 늑골로 들어왔다.
복면한 자가 역을 빠져나간다.

아픈 움이 돋는 야만의 도시
문명의 근골 사이로
범람하는 21세기의 청춘 남녀들

19세기 식 이별가를
커피 한 잔으로 달래는 나는
모자를 흔든다
과거가 미래를 향하여 손을 흔든다

길 위에서

중앙으로 진입하기 위하여
오늘도 어제와 다름없이
침침해진 눈으로 앞만 응시한다
의식은 불투명한 불안 곡선이다
갑자기 개가 뛰어들었다.
입에서 튀는 거품을
목 밑으로 밀어 넣는다.

거대한 빌딩과 반비례로
자꾸 왜소해지는 자신을
가늠하는 일은 별로 유쾌하지 않다.
사방이 유리 벽이어서
몸 돌릴 틈이 없다.

어제는 아내와 말다툼을 했다
그럴 때마다 더 작아진 체구를
집 밖으로 내밀었다.
그러나 중심에서 멀어진
오늘은 내일로 향할수록
시간의 톱날 위를 가게 될 것이다.

나도 격리수용 될 수 있다는

강박이 밀고 올라온다
눈을 감으면 보이는
검은 옷의 뒤를 쫓다가
경적소리에 놀라
나도 모르게 악세라다를 밟았다. 쾅.

디딤돌과 걸림돌

나는 디딤돌이고
너는 걸림돌이다

너는 늘 내 길을 막아서고
나는 네 발밑에 등을 내민다

나는 밤마다 울며 몸부림치고
너는 편안한 잠속에 빠져 있다

잠속에서 나는 악몽에 시달리는데
너는 마냥 천사 같은 얼굴이다

나는 이 역할을 바꾸고 싶다

물살 센 강을 건널 때마다
네가 또는 내가
걸림돌인지 디딤돌인지 헷갈렸다

운명은 바뀌지 않는다
걸림돌이든 디딤돌이든 다 돌일 뿐인데

그 한 뼘의 차이 때문에
우리들의 운명 놀이는 늘 평행선이다

백내장 수술 후

세상이 갑자기 환해졌다. 백내장 수술을 하고 난 뒤, 시집 한 권을 후딱 먹어치웠다. 그렇게 쉽게 먹을 수 있는 시집을 쌓아놓고 있을 수밖에 없었던 그동안의 하 세월. 그동안의 어둠 속에서 나는 묵언 수행만을 하다가 이제 세상 밖으로 나와 손뼉을 친다. 이제 못 볼 것도 다 볼 수 있을 것 같은 눈부심에 현기증을 일으킨다. 어느 한순간에 뒤바뀐 어둠과 환함의 차이가 죽음과 살아 있음의 차이만큼 심장의 진동수를 바꿔 놓는다. 보지 못 하는 것과 볼 수 있는 것의 차이가 대수일까 싶은데, 어둠 속의 어제와 밝음 속의 오늘이 뭐 그렇게 다를 것 같지는 않은데, 왜 나는 세상을 다 얻은 것처럼 팔팔 살아서 풀밭을 달리고 있는지 모르겠다.

안구 건조증

동공이 간지럽다
인공눈물로 마른 동공을 적신다

백내장 수술 후
세상이 밝아졌다 싶더니
세상은 그렇게 만만한 게 아니다

안과 밖을 이어주는 창에
비명이 끼이기 시작했다
시야를 가리는 물보라 때문에

한동안 천정을 향하여
고개를 쳐들고 눈을 껌벅하는데
밖에서 가벼운 낙엽 소리가 왔다

심장 깊은 곳을 두드리는 노크
문 닫을 준비가 아직 안되었는데
재촉하는 낙엽 지는 소리

동공에서 마른 가랑잎이 부서지며
가글가글 서로 또 다투기 시작한다

동의어처럼

늙는다는 말과 젊다는 말이
서로 동의어처럼 나란히 떠오를 때

죽는다는 말과 살아있다는 말이
동의어처럼 의식을 헷갈리게 할 때

검정과 하양이 별로 다르지 않다고
빨강이 노랑을 보고 하얗게 웃을 때

여자와 남자가 잘 구별이 되지 않아서
손을 잡아도 전율이 오지 않을 때

너와 나, 그와 저, 희망과 절망, 남과 북
비빔밥처럼 서로 섞여 그것이 그것일 때

나는 꽁꽁 언 피 한 방울을
목숨 놓듯 허공 향하여 던진다

사이펀
현대시인선
21

꿈의 방정식

최휘웅

3

코로나

1

마스크로 입을 봉한 채
침묵의 바다는 떠 있다.
인적이 지워진 창밖에는
꽃들이 대신 줄을 서는데
봄은 봄이 아니다.
이완된 공간과 시간 사이에
격리된 나는
장승 같은 생의 절벽에 서서
인간을 점령한 코로나를 생각한다

2

　매일 들여다보는 거울 속에서 나는, 충혈된 나는, 눈을 오리고 싶은 충동에 빠졌다. 매일 칼을 씹고 사는 나는 몸속으로 들어온 변종 바이러스와 불안한 동거를 시작했다. 폐를 침식하고, 심장을 오리는 쾌감이 의식을 도배했다. 음압병동에 부동의 자세로 누워 있는 나를 너는 피 한 방울 입에 묻히지 않고 즐겁게 씹고 있었다. 죽음으로 몰고 가는 너의 감당할 수 없는 면도날의 힘에 나는 압도당하고 있었다. 내 안의 무딘 칼들이 산산 조각나고, 산 자와 죽은 자가 동행하는 동안, 우리들이 날을 세워 쌓은 위대한 탑들이 허망하게 무너지는 것을 보았다.

3
인간의 방종 때문에
비상등이 켜진 지구

아직 강을 건너지 못한 생명들이 병동에 가득한데

저승의 문턱에 와서도
피켓을 든 구호들

생의 경계가 무너지는 광장
한쪽에서
하얀 방호복들이 지친 방패처럼 서 있다

4
한쪽 벤치에
산 자가 유령처럼 앉아 있다

트로이 목마처럼
어느 건장한 사내의 몸속에 숨어서
이 도시에 잠입한 코로나는
마스크를 한 여자의 손을 잡는다

덥석 잡힌 여자는
몸부림친다.

톱니에 끼인 파란 달
목 뒤로 기고 있는 손톱자국

벤치 앞으로 흰 바람이 지나간다

곁을 떠난 스카프가
과거의 얼룩과 오버랩 되는 동안
그녀는 서서히 지상을 떠나고 있었다

청음請音

사랑해
캄캄한 단어가 목을 죄었다
드라마는 그렇게 시작해서
그렇게 끝났다

세상은 수많은 등불로 아득하고
갈 길은 아직도 막막하다

어릴 적 내가 속했던 편은 늘 졌다
이겨야 한다는 절망이 구덩이를 팔 때
나는 늘 내 귀를 의심했다

모두가 꽃을 찬양할 때
꽃을 받들고 있는 잎의 노고는? 하고
천 년 동굴 같은 눈의 깊이에서
사라진 내 얼굴을 더듬었다

나는 지금 백사장에 앉아

환각의 오지에서 들려오는 바다소리
먼 기억들을 불러 세운다

섬섬옥수

그날 비가 오고 있었다
빗소리가 창을 흔들고
가늘고 긴 부드러움이
방안 가득했다

따뜻한 아랫목으로 젖은 발을
밀어 넣다가
온통 하얀색이 목을 감는데

감은 눈의 깊은 강을 건너
돌아오지 못할 늪을 지나
그렇게 한참을 허우적거리다가

깨어났을 때는 비가 그쳐 있었다
나비처럼 사라진 시간

목에 감긴 수건
젖었다 바싹 마른 낯 설음 때문에
종종걸음치는데
까치 소리가 동구 밖까지 따라왔다

기억의 계단

죽은 텃밭을 다시 살렸다
그러자 낡은 기와집
대청에서 피아노 소리가 났다

난초 같은 소녀가 두드리는 건반

좋은 시절은 이미 오지 않는 것
그런데도 피아노 소리가
철쭉꽃의 외관을 터트린다

그때 나는 사과 속으로 들어갔다
검은 즙을 빨며
달나라에서 유배 온 바이러스와
동거를 시작했다

사과에도 광대뼈가 있다
우악스럽게 씹히는 죽은 언어들
나는 신열을 앓았다

첫사랑은 전의식에서 살고
이루지 못한 사랑은
무의식에서 산다는

정신분석학자의 말이
생각의 공회전을 불러온다

상자 속의 다람쥐

그렇게 시간의 무게를 안고
무너지던 그때
사막으로 달랑달랑 가는
노새가 보였다

꿈속으로 가는 길

꽃잎이
뚝

울음 멈춘 날

험한 갈증을
밀어 넣던 목구멍

내 안의
캄캄한 길 더듬다가

잠이 든다
수상한 얼굴이 스쳤다

까치가 오동나무 위에서
날개를 펴고

까만색 사이로
흰색이 보였다

너의 서늘한 목덜미.

경계에서

아름답다 말하는 순간
꽃이 떨어진다
아름다움의 시신들이 눕는다

잠시 이 땅에 왔다가
저 세상으로 갈 때는
아름다웠다는 말도 지워야 한다

미추의 경계를 넘는 순간
평생 탐했던 것들
깃발 앞세운 험한 갈등도
해가 진다

이 세상에 남은 미련 때문에
창이 검어질 때까지
제라늄은 붉은 색을 지우지 못한다

저승으로 가는 길목에서
살아 있음을 증명하기 위하여
아직도 구겨지는 연습을 한다

시간에 대한 단상

나는 과거도 없고 미래도 없다
나는 기억 상실증에 걸렸거나
미래 불감증에 시달린다
오늘 직면한 적들만 보이고
내일의 태양은 보지 못한다

내가 있는 곳에는 아침이 없다
지는 해만 보기 때문이다
기울어지는 어둠의 사선을 붙들고
오늘의 시간을 놓지 못한다

그러나 이미
어제는 과거의 무덤에 갇혀 있고
오늘은 내일이 와서 지워버린다
그리고 내일은 저승으로 가는 길인데
시는 시간의 마법에 갇혀 오리무중이다

동백섬에서

수평선에서 달려오는 흰 파도소리
북극에서 달려온 겨울이 부동자세다

동백 잎이 푸르게 물든 하늘

바위틈에 앉아서
겨울 철새를 따라간다

오늘 하루도 꽁꽁 얼어붙는다.

그가 떠난 자리에서 조사를 읽지만
동백꽃 붉은 심장에는 가 닿지를 못하고

바위에 부딪치는 파도처럼 부서진다.
부서져라 외치는 소리가 귀에 가득하다.

모반

함정이었다. 날개 없이 추락한다. 늘 부서지면서도 아직 덜 깬 지평을 넘어간다. 정면을 이면으로 바꾸는 일에 몰두한다. 내가 나를 거부하듯 그렇게 험한 오지만을 찾아 헤맸다. 막막한 협곡. 여전히 열리지 않는 문 앞에 서 있다. 우박이 쏟아지는 방안에서 두려움이 껌을 씹었다. 이가 경련을 한다. 시간이 밥을 짓고, 날을 세우고, 심장을 압박하며 빛을 만든다. 그녀가 받쳐준 우산 밑에서 꽤 안락한 희열을 더듬는다. 반복되는 일상 때문에 낯 선 손님은 늘 문밖에 있었다. 시간의 경계를 넘기 위하여 매번 모반을 하지만 다시 떠오른 해가 앞을 막는다. 희망이란 절벽이 내 모반에 구멍을 낸다. 시간은 내 목을 움켜진 올가미였다.

해운대의 밤

죽은 여름을 안고 걷는다
볕에 익었던 모래알들이
발밑에서 신음한다

신의 옷자락을 잡고 추락하는 밤

지금 금 간 호수가 앉아 있다
금 사이로 밀려오는 파도 소리에
창이 눈을 상실했다

머리카락 날리며
섬들이 막막하게 떠다닌다

갈매기들의 그림자는 지워지고
바다는 배꼽까지 와서 돌아가고

귀가 먹먹하도록
물보라를 일으키는 모 난 감정들이
송곳처럼 꽂히는 해운대의 밤

거울

 까마귀 울음 같은 검은 반점이 떴다. 캄캄한 한낮. 반전의 꿈을 꾸다 반전만 거듭하는 드라마. 신 앞에서 옷깃을 여미지만 매일 찾아오는 오늘은 내일이란 희망의 덫에 가려 있다. 너무 빨라서 잡지 못하는 물살. 꽃은 베란다 한쪽에서 옷을 입었다 벗기를 수없이 반복한다. 내가 온 길이 하얗게 증발되는 순간. 나의 흔적이 보이지 않는다. 과거와 미래가 연결고리를 잃고, 그녀의 얼굴에서 검은 구름이 나타났다. 왜 자꾸 오줌이 마려울까? 돌아서면 마려운 이 갈증. 조례와 종례 사이에 갇혀 있던 하루가 출구를 찾지 못하고 방황하던 그때, 속 뒤집어진 속 쓰림이 반짝하고 거울의 표정을 덮었다. 표정은 그녀의 내면으로 들어가는 입구인데 문이 열리지 않는다.

시간여행

그녀가 해를 품었다는 소문이 마을을 돌아다녔다.
여기저기서 눈들이 마주 보며 고개를 갸웃했다

그녀의 뱃속에서 해가 자란다는 뜬구름을 보며
나의 어린 시절은 미궁을 헤맸다

간혹 스님이 하산해서 염불할 때면
목탁 소리가 목에 잠겨 슬픔이 기어 올라왔다

나는 칼보다 꽃이 더 설득력이 있다고 믿었다
산자의 주먹보다 죽은 자의 미소가 더 무서웠으니까

제자리에서

우리는 늘 걷고 달리지만
늘 그 자리에 있다
한 번도 지구를 벗어난 적 없고
늘 네 곁에서 잠을 청한다

어제는 비가 왔고
오늘은 해가 떴지만
내일은 늘 그랬던 것처럼
낮과 밤이 임무 교대를 할 것이다

지금 나는 창 곁에서
바다를 보며 음악을 듣는다
늙은 화백의 고정된 눈을 경청한다
그렇게 죽음 저쪽에 시선이 가 있다

기억의 끝

처녀가 웃음을 흘리고 다녔다

사람들은 그녀가 실성했다고
혀를 찼다

사람들은 그녀가 절망의 벼랑 끝에
서 있는 것을 보지 못했다

그녀를 버린 남자의 험한 등짝이
동네에서 사라진 날

뒷산 늙은 소나무 가지에
그녀의 목이 매달리던 날

사람들은 소금밭에서 소금을 캤다

하얗게 핀 소금 꽃을 밤까지 긁다가
산등성이에 뜬 혀 빠진 달을 보았다.

뒤샹의 사생아들

수평선이 팽팽하다
변기에서 샘이 솟았다

달을 목에 단
강아지들이 컹컹 날고

창백한 겨울이 이동 중이다

무너지는 유리 벽 틈새의
머리카락

살려달라는
외침

동상 걸린
부러진 삽이 승천하는 밤

두루미가 동공을 크게 떴다

천국

죽은 심장을 반쯤 열고
눈은 서버에 저장했다

장미가 가득하다
천국에 잠시 발을 들여놓는다

적, 황, 백에 둘러싸여

막걸릿집에서 소주를 마신다
소줏집에서 맥주를 마신다

신 앞에서 어깃장을 놓았다

억새꽃이 하얗게 누웠다
하얀 언덕에 등을 댔다

솔바람이 꽃가루 뿌리며 지나가고
무지개는 더 멀어졌다

광복동에서

오후의 기억만 있는 거리
기억의 풀밭에 눕고 싶을 때
누군가 머플러를 날리며 찾아와
기억 속의 나를 꺼내주기를 바란다

이 거리에 있었던 태양 다방
지금은 없다
칸타빌레, 클래식, 오아시스, 명문
그 많던 음악다방들이 다 사라졌다.
그러고 보니 그녀의 글썽한 눈도 없다

캄캄한 대낮에 이름만 태양이었던
구석에서 그녀는 눈물을 훔쳤다
그녀의 심장을 쓸고 간 차가운 먹물
먹물은 그때 월남에서 죽은 내 친구다

먹물을 뒤집어쓴 그녀가
용두산 오르는 계단에 주저앉았다
치마에 오후의 햇빛이 젖어 내렸다

내 청춘을 삼킨 광복동의 밤이
서서히 열리기 시작한다

네온의 불빛들이 만개한 벚꽃 같다

나는 그녀의 향방을 쫓다가
저 네온 사이 번진 벚꽃으로
그녀는 갔을 것, 막연한 생각을 한다

내가 없는 백 년 후에도 이 거리에서
그녀는 빛의 분신으로 살아 있을 것

한동안 나는 빛의 하수인으로 서 있다

봉별기

바다는 내 곁을 떠나지 못한다
항상 떠났다가는 다시 돌아온다
돌아올 때는 파도를 안고 온다

그녀가 그랬다
불쑥 찾아왔다가는 홀연히 사라졌다
그리고는 다시 노크를 했다

코스모스 한쪽으로 원두막이 있다
지붕 위에 내가 있고
발밑으로 꽃길이 지나간다

하늘이 어디쯤 왔는지 모르겠다
새 한 마리가 가고 있다
무한천공에서 나도 팔을 흔든다

인생이여, 왔던 길로 다시 돌아가자
외침이 심장 안쪽에서 울먹인다
'너를 죽일 수 없는 것이
결국 너를 강하게 할 것' 니이체.

수평선의 창백한 긴장이 끊어졌다

우리들은 추락했다.
우수수 산산 조각나는 쇳소리
이별은 그렇게 찾아왔다

그때

여자는 버지니아 울프를 품고 다녔고
데칼트의 외투를 입은 남자가 따라다녔다
니체의 얼굴은 한 남자가 옆에 있기도 했다

여자는 울프처럼 무의식의 미로를 헤맸고
남자들은 존재 상실의 무덤을 파고 있었다

여자는 아프리카 노을을 떠올리며
그랜드 캐논 절벽 위에 있기도 했다
흑인의 숲에서 잠을 청하다
백인과 팔짱을 끼는 환상에 젖곤 했다

언제부턴가 그녀의 곁에는
데칼트도 니이체도 까뮤도 없었다

재벌가의 맏며느리 꿈이 잠시 꿈틀했다

시간의 수평 끝에 선 지금
시장 골목 모퉁이
붕어들이 까맣게 익는 철판 옆에서
군밤을 굽고 있다.

햄릿의 옷깃을 올리고 다가오는 남자에게
여자가 씩 웃었다. 아직 흰 이가 살아 있는데
언젠가 이 빠진 잇몸으로 단풍을 볼 것이다

누군가 말했다
'모더니스트는 초월의 언어에 매달리고
리얼리스트는 현실의 뼈를 씹는 자다.'*

여자는 뼈를 씹다가
잠시 바람과 함께 사라지는 표정을 지었다

*어느 시집 해설에서 읽은 문장. 출전은 잊었음.

방의 추락

우리는 매일 방을 만들어요.
그리고 입주자를 모집하죠.
청약경쟁 부추기는 떴다방이 있어요.

우리는 닫힌 문 앞에서
노크를 하다 지쳐요.

이미 누설된 비밀이 잠든 방은
텅 빈 우주에요.
사람들은
신비가 잠자는 우주라고 속삭여요.

밤 12시는 바닥부터 깜깜합니다.
폭락의 깊이를 더듬지만
끝이 잡히지 않아요.

벽난로에는 불이 없어요.
깡마른 겨울이 웅크리고 있다가
폭발하는 난방비로 우리를 덮쳐요.

가위

아내의 가위는 방안의 소리를 지웠다
소리 없는 공간을 가위가 지나간다

나 홀로 자기 홀로 빳빳하게 눈 뜨는 방안
덩그라니 앉아서 등 돌린 옷을 자르고,
엉킨 실을 자르다가 드디어 무료함,
어색한 세월이 잘렸다

가위가 지나갈 때마다 선명해지는 이음새의 멍들
우리 사이 시간의 앙금도 격랑도 쓰레기로 쌓인다

남은 새벽을 기다리다 하얀 서리가 된 우리는
가지들이 떠난 문 안에서

덩 실
 덩 실

엿장수 가위 소리를 낸다

서로 섞이지 않는 색으로
미래도 없고 과거도 지워진
둘만의 계절이 신명을 부른다
미운 꽃망울을 터뜨린다

사이펀
현대시인선
21

꿈의 방정식

최휘웅

4

＊ 시간의 끝

나무가 울고 있다. 매미가 그것을 반사한다. 여름의 낮이 검어질 때까지 그렇게 울고 나면 나무는 가지만 덩그렇게 남는다. 가지 사이로 보이는 시간의 끝.

하늘 끝에서 까마득하게 내려다보는 까마귀의 허공.
지구 끝에서 캄캄하게 서 있는 나무의 혼.

＊ 산

산은 바다를 그리워한다. 바다를 향하여 달려가지만 크레인이 막았다. 아무도 살지 않는 국가. 산은 난민이 되었다. 자욱한 피의 도시는 승리에 도취되어 있다.

＊ 아내의 폐경

무심코 아내의 닫힌 경을 더듬었다. 벌떡 일어난 아내의 홍조가 나를 노려봤다. 극비문서를 건드린 표정에서 바삭 마른 시간이 보였다.

* 골목집

험한 어둠이 깔린 그때
암담한 불빛이 담을 넘어왔다
간혹 피아노 소리도 넘어오지만
앙칼진 비명이 더 많았다

가족들은 둑 터진 심연이었다
헛바람이 잠시 머물다 떠나는 곳
나는 이 곳에서 늘 길을 잃었다

캄캄했던 기억의 외진 막다른 골목

* 매춘

봄을 팔아요. 입술 빨강 꽃이 치마를 걷어 올려요. 우울하다가 주저앉아요. 여름 오기 전에..., 봄은 이제 가슴까지 풀어헤쳐요. 냄비에서 죽이 끓고, 노을에 젖어 산의 능선이 팽팽해질 때까지 봄은 그렇게 꽃을 피워요.

* 삶

왼발, 오른발, 골목 지나 계단을 밟으니 어두운 달빛이 숨이 차다.

* 조크

내가 이불 속으로 들어가면
그가 따라 들어온다
간혹 외면하면
물컹한 눈빛으로 쳐다본다
갈색 털을 세우고
컹컹 짖다가 벌렁 눕는다
그의 관심법은
매번 이렇게 나를 불러 세운다

* 남루하다는 것은

그가 입은 옷은 남루하다
눈도 입도 귀도 남루하다
드디어 그가 꾸는 꿈도 남루하다
그러니까 남루는 찢겨진 풍요다

* 신발장

어두웠던 과거가 쏟아졌다
한평생 끌어모았던
속이 뒤집어진 속 쓰림이
꽉꽉 아무렇게나 꾸겨져 있다
출구를 찾지 못한
낡은 아코디엉이 신음을 한다

* 천상천하유아독존

나는 우주의 시작이요 끝이다
내 몸 안에는 우주의 숨결이 숨어 있다

* 의자

길가 오동나무 그늘 아래
누가 갖다놨는지
덩그렇게 혼자 있다
비를 맞으며 여름 내내
생뚱맞은 표정으로
누군가를 기다리고 있다

* 동거

나는 리모컨의 주인이 아니었다
한평생 누군가와 보폭을 맞추기 위하여
무던히 애를 썼는데
시간이 우리 생을 덮고 지나갔다

* 시

주어가 없다
서술어만
행동도 있고
간혹 대상도 등장하지만
도대체 왜, 의문부호 투성이다

* 홍수

물살 타고 가는 흰 발목
지붕이 동행하고
소가 그 위에 앉았다

* 오독

그녀의 눈빛은 슬프게 빛났다
그녀의 등은 아프게 출렁이었다
그녀의 발은 어둠을 밟고 있었다
나도 모르게 손을 내밀었는데
그녀는 다른 이를 품고 있었다

* 부두

 이방인의 눈들이 누비는 곳. 그들에게는 항상 낯선 사막
의 신기루. 출렁거리는 새벽안개 뒤에서 부웅부웅 부엉이
울음소리를 내는 곳.

 * 침묵

 나는 눈을 닫는다
 귀도 닫는다
 입도 닫으려 한다
 그렇게 나는 폐관 수련에 들어갔다
 비로소 적막의 무덤이 열렸다

 * 무아

 거울 속에 내가 없습니다
 장삼이사가 흘러가는 거리
 유동의 고요 속에서
 얼굴 없는 나를 만납니다

＊삼매

바르고 문지르고 다듬어서 아름다움은 자란다
속을 감춘 위장된 아름다움이라도
눈빛 깊은 수렁으로
나는 빠지고 싶다

＊견성

산속에 바다가 있고
바닷속에 산이 있다
꽃이 새이고
새가 사람이다
인간 속에 짐승이 있고
짐승 속에 부처가 있다

＊부부

어제는 부둥켜안고 걸었는데 오늘은 손만 잡고 걷는다
 내일은 서로 눈만 보다가 모레는 등대고 먼 산만 볼 것
이다

사이펀
현대시인선
21

꿈의
방정식

최
휘
웅

내 시의 바탕화면

내 시의 바탕화면

1

내가 문학 인생을 살게 된 계기는 무엇일까? 간혹 이런 질문과 답을 자문자답할 때가 있다. 그때마다 어린 시절의 외할머니를 떠올린다. 나는 충남 외가에서 태어났고, 초등학교 졸업 때까지 외할머니의 보살핌을 받으며 성장했다. 외할머니는 어린 내가 잠을 이루지 못하면 옛날이야기들을 들려주셨다. 그 이야기들을 들으며 나는 잠이 드는 것이 아니라 오히려 초롱초롱한 의식으로 이야기의 세계에 빠져들곤 했다. 이항복과 이덕형, 남이 장군, 박문수어사 등, 역사상 실존했던 인물들에 얽힌 야사로부터 홍길동전, 심청전과 같은 소설류와 전설의 고향에 나옴직한 설화 등을 외할머니는 재미있게 들려주셨다. 이것이 계기가 되어 나는 누구라도 이야기를 내놓으면 거기에 몰입하는 습성이 생겼다. 학교에 가서도 선생님의 이야기 시간이 가장 즐거웠다. 초등학교 5학년 때쯤이었지 싶은데, 담임선생님은 간혹 학생들이 앞으로 나와 이야기를 하도록 유도하시곤 했다. 그때 나는 곧잘 교단으로 나와 외할머니로부터 들은 얘기들을 하곤 했다. 청자에서 화자로 바뀐 내 자신을 보며 스스로 대견스럽게 생각했던 기억이 있다. 어쩌면 나의 문학적 상상력은 외할머니가 들려주신 이런 이야기들을 원초적 자산으로 형성된 것이 아닌가? 생각될 때가 종종 있다.

아버지의 사업 때문에 부산으로 오게 되었다. 중학교에 입학시험을 치기 위하여 부산으로 내려온 이후 오늘까지 부산을 벗어나지 못하고 있다. 충남 당진군 송산면의 벽촌에서 초등학교를 졸업한 촌뜨기가 갑자기 도시 학생으로 변모하게 된 것이다. 이런 낯선 환경의 변화에 쉽게 순응이 되지 않았다. 중학생인 나는 오랫동안 방황했다. 집에서나 학교에서 나는 거의 외톨이었다. 내폐의 성을 쌓아가면서 나는 외롭게 혼자만의 생각, 그 울타리를 치기 시작했다. 이때 나의 정신적 반려자는 책이었다. 중학교에 합격하여 등교한 지 얼마 안 된 어느 날 내 인생에서 처음으로 학교 도서관에서 수많은 장서를 보게 된다. 초등학교 시절에는 교과서 외에 접할 수 있는 책은 별로 없었다. 그 흔한 동화책 하나 그 당시 시골학교에서는 구경하기 힘들었다. 그런 나에게 중학교 도서관에 비치된 책들은 경이의 대상이었다. 이때 나는 집히는 대로 책을 읽었다. 안델센 동화집을 비롯하여 이솝우화, 소공자, 소공녀, 알렉산더대왕이나 나폴레옹전 같은 위인전에 이르기까지 닥치는 대로 읽었다. 뒤마의 삼총사와 몬테크리스트 백작, 모파상의 진주목걸이 등 번역소설을 읽기 시작한 것도 이쯤의 일이다. 도서부원을 자청하여 도서관을 수시로 출입하면서 책과 가까이 했다. 방과 후는 물론 점심시간, 귀가 후에도 대출 받아 독서에 열을 올렸다. 어느덧 외할머니가 했던 역할을 책이 하고 있었다. 외할머니의 이야기를 들으며 상상의 날개를 폈던 나는 동화책이나 위인전을 읽으면서 상상의 꿈을 실어 날랐다. 귀로 듣는 이야기의 세계가 눈으로 읽는 이야기의 세계로 바뀐 것이다.

고등학교에 진학해서도 독서의 끈은 놓지 않았다. 이광수의 흙, 사랑, 단종애사, 김동인의 운현궁의 봄과 수양대군, 톨스토이의 전쟁과 평화, 또스토엡스키의 죄와 벌, 스탕달의 적과 흑, 졸라의 목로주점 등 본격적인 문학작품으로 독서의 대상만 바뀌었을 뿐, 여전히 목적 없는 난독으로 일관했다. 아직 체계 있는 독서에 대한 각성은 없었다. 그저 재미에 몰입하는 유희적인 독서 수준을 벗어나지 못했다. 대학 진학을 앞두고 인생에 대하여, 진로에 대하여 점차 고민이 깊어지는 시점에 와서도 나의 독서 태도는 크게 달라지지 않았다. 책을 좋아하니까 문학이 나의 적성이 아니겠는가 싶어서 국문학과에 진학해 와서도 나는 막연한 의식 선상을 헤매고 있었다. 이제 글을 써봐야겠다는 생각, 읽는 위주의 인생에서 글 쓰는 인생으로 미래가 탈바꿈될 것이란 예감이 있었지만 아직 나의 인생관, 예술관, 세계관은 시계視界 제로였다.

이때, 조향 선생님의 강의를 들으면서 무엇인가 세계를 보는 눈이 열리는 듯했다. 그분이 추천하는 책들을 주섬주섬 정독하면서 나의 인생관, 문학관 등이 질서정연해지기 시작했다. 조 향 선생님은 문예사조 시간에 서양문화의 두 기둥인 헤브라이즘과 헬레니즘의 변증법적 발전을 설명하면서 토인비의 역사 철학을 언급하셨다. 이것이 계기가 되어 나는 토인비의 〈역사의 연구〉와 〈현대문명비판〉을 접하게 된다. 이것은 역사에 대한, 문명에 대한 새로운 인식을 갖게 했고,

문명비판의 시를 써야겠다는 생각의 밑거름이 되었다. 조향 선생님은 미래파, 입체파, 다다, 초현실주의, 표현파, 상징파 등 현대 문예사조에 대한 해박한 지식을 전수해주셨다. 이런 가운데 프로이드의 〈정신분석학〉의 중요성과 이것이 현대에 끼친 영향에 대하여 말씀하셨다. 나는 프로이드의 〈정신분석학 입문〉과 〈꿈의 해석〉 번역판을 구하여 탐독하게 된다. 인간의 내면세계에 대한 이해가 생긴 것은 이 무렵부터다. 나의 시의 방향도 이런 책들을 읽으면서 확연해지기 시작했다. 조이스의 율리시즈나 프르스트의 잃어버린 시간을 찾아서, 버지니아 울프의 소설 등 심리주의 소설들을 이해할 수 있는 바탕이 생겼고, 내가 한때, 시에서 리비도나 성도착 같은 내면 지향적인 이미지 찾기에 몰두하게 된 것도 이런 책들의 영향에서 비롯되었다. 이밖에 대학생 시절에 탐독했던 책으로는 프랑스의 비평가 알베르스가 쓴 〈20세기의 지적 모험〉(을유문화사 간행)을 들 수 있다. 20세기 세계 문학의 성격을 다양하고 깊이 있게 다룬 책으로 나에게는 문학에 대한 다양한 성찰을 가질 수 있는 기회가 되었다.

그러나 그 어떤 책보다도 나에게 문학에 대한 정연한 이론을 제공해준 책은 최재서의 〈문학원론〉(1963년 춘조사 간행)이다. 최재서는 30년대 한국모더니즘 운동의 이론적인 선구자였다. 이미 널리 알려진 바와 같이 당시 최재서는 경성제대 영문학과를 졸업하고 영미 주지주의 문학이론을 처음으로 우리에게 소개한 분이다. 1939년에 〈인문평론〉이란 잡지를 운영하면서 모더니즘 운동을 전개했다. 최재서의 〈문학원론〉은 그 당시에 나왔던 많은 문학입문서 중 가장 돋보이는 책으로 여겨졌다. 김기림의 〈시론〉도 한국모더니즘 시의 지평을 연 책이지만 그 깊이나 체계, 그리고 문학 전반에 걸친 해박한 지식과 성찰은 그 이상의 성과를 가지고 있다고 나는 생각했다. 이 책은 문학의 본질, 목적, 기능, 효용과 언어의 문학적 역할, 그리고 인접 예술(음악과 회화)과의 관계, 사상, 정서, 상상 등이 문학에 작용하는 비중을 논리정연하게 밝히고 있다. 이의 해명을 위하여 주로 영문학 작품들을 텍스트로 하고, 아리스토텔레스를 비롯한 서양의 역대 문학이론가들의 주장을 비교 분석하고 있다. 최재서는 섣불리 자기 주장을 내세우지 않는다. 많은 타인들의 주장을 인용하고, 또 그것을 비교 분석한다. 그럼으로써 자연스럽게 필자가 말하고자 하는 바를 독자에게 설득한다. 나는 이 책을 통하여 문학의 본질이나 기능, 문학에 접근하는 방법 등에 관한 지식과 교훈을 얻을 수 있었다.

나의 시적 사고에 영향을 준 시인들은 꽤 많았다. 그중 김춘수의 무의미 시론과 시, 그리고 김수영의 자유인의 초상과 같은 산문집과 시 등이 젊은 나를 매료시켰고, 나의 시적 사고에 깊이 침투해 들어왔다.

김춘수 시인의 무의미 시는 60연대 말 당시 나에게 있어서 하나의 경이였다. 뽈 발레리의 순수시와 시론에 빠져 있었던 그때, 김춘수 시에서 순수시의 절대 경지를 발견하고 시가 언어예술이란 사실을 새삼 깨닫게 되었다. 내가 시에서 언어에 대한 관심을 갖게 된 것은 이때부터다. 이런 언어 실험이 억압된 의식을 해방시킨다고 믿었다. 윤리나 규율에 얽매여 있는 인간의 원초적 감정을 해방시킴으로써 시가 보다 정화 기능을 할 수 있다고 생각했다. 이것은 시의 쾌락원칙과 통한다. 김춘수 시를 통해서 나는 시가 예술로 존재할 때 쾌락을 줄 수 있다는 사실을 배우게 되었다.

내가 김수영 시인을 처음이자 마지막으로 본 것은 1968년 3월쯤으로 기억한다. 당시 남포동에 청탑 그릴이 있었는데 펜클럽에서 주최하는 신춘 문학 세미나가 이곳에서 열렸다. 나는 이때 제대하고 복학한, 문학에 대한 갈증을 심하게 앓고 있던 20대 청년이었다. 이 세미나에서 젊은이들의 관심은 김수영에게 모아져 있었다. 그는 이미 문학청년들 사이에서 힘이 넘치는 글로 우상이 되고 있었다. 나 역시 김수영의 시와 산문을 탐독하던 때였다. 그때 본 그의 인상은 너무 강렬해서 뜨거운 열정의 덩어리로 느껴졌다. 두 눈은 움푹 들어가고 광대뼈가 튀어나온 광기 어린 표정이 나를 사로잡았다. 그의 거침없는 언어에 매료되기도 하고, 열정에 감동되어 밤을 지세우기도 했다. 그런데 그해 초여름에 교통사고로 돌아가셨다는 보도를 접했다. 그 뒤로 나는 김수영 시의 명제를 안고 가슴앓이를 했다. 나는 왜 김수영처럼 시의 가능성에 대한 뜨거운 확신을 갖지 못하는가? 김수영처럼 거침없이 언어를 뱉지 못하는가? 왠지 김수영만 생각하면 내가 그리는 시의 세계가 너무 초라해서 자꾸 숨고만 싶었다. 김수영 시의 거침없는 언어는 나에게 늘 콤플렉스로 작용했다. 그의 거대의식은 상대적으로 내 시의 담론을 왜소한 것으로 만들었다.

2

나에게 있어서 시는 몽상적 세계로 가는 통로다. 시의 존재 가치 중 하나로 흔히 소원풀이 기능을 드는데, 어쩌면 나는 시를 통하여 현실의 벽을 넘고자 하는 기원을 갖고 있는 지도 모른다. 인간의 모든 논리적인 경계로부터 해방되고자 하는 열망이 시 쓰기의 동력이다. 앙드레 브르통은 양식이나 논리를 초월하여 꿈과 유아의 정신 상태에 가까워지는 것을 시의 이상으로 제시한 바 있다. 꿈과 유아의 정신 상태란 인간의 가장 원초적 감정이고, 순수한 내면을 가리키는 말이다.

나는 20대 젊은 시절, 조향趙郷 시인의 문하에서 초현실주의의 시적 방법론이었던 자동기술법을 접했다. 자동기술법은 의식을 방심放心의 상태에 놓고 의식 선상에 떠오르는 무작위적인 언어를 기술하는 것을 말한다. 이때 이성의 논리는 배제된다. 이성이 비껴선 자리가 방심의 상태고, 비논리적인 무의식이 분출할 수 있는 계기가 된다. 무의식에 잠복되었던 강박관념이나 억압감정, 그리고 리비도 같은 성도착 의식을 이성의 통제로부터 해방시키고자 하는 것이 자동기술의 목적이지만 이 방법으로 얻어지는 것이 꼭 프로이드가 말한 정신 병리적 측면만 있는 것은 아니다. 이 방법으로 전후 문맥을 뛰어넘는, 반이성적인 아름다운 환상 공간이 만들어지기도 한다. 나는 꽤 오랫동안 이 방법론으로 시를 얻고자 고심했다. 그러나 방심의 상태에 들어가는 일이 늘 가능한 것은 아니었다. 항상 이성적 논리의 지배를 받고 있어서 현실 논리를 뛰어넘기가 쉽지 않았다. 그러던 중 어느 날 나도 모르게 무심의 정신 상태에서 얻어진 것이 다음의 졸시 「어느 날」이다.

새들이 날아와 빗장에 잠긴 문을 두드리고 있었다. 나

는 느닷없이 무지개가 되어 날아갔다. 산과 들은 온통 바
람이었다. 음악이었다. 넝마 조각 위에 앉은 나는 나비
였다. 백사장이 길게 누워 웃고 있었다. 아, 거기에는 황
홀한 것들이 모여서 공깃돌을 던지고 있었다. 수평 저 끝
돌섬을 만지고 있었다. 솔밭에서도 여름은 부채를 흔들
고 있었다. 만나는 것들마다 하늘의 안부를 물었다. 가
덕도 날치들의 소식을 물었다. 그럴 때마다 손끝에 닿는
별들이 호주머니 가득이 쌓였다.

– 졸시 「어느날」 전문

이 시는 뒤에 고 전봉건 시인이 《현대시학》에 추천해주었
던 등단작 중 한 편이 되었다. 이 시는 젊은 시절 한 때 가졌
던 꿈의 한 단면을 연출하는 것 같은 착각을 갖게 한다. 새,
무지개, 바람, 음악, 나비, 백사장, 돌섬, 솔밭, 가덕도 날치,
별 등 전연 무관계한 사물들이 한자리에 함께하는 시적 공간
에는 매임이 없는 무한한 정신의 자유, 너와 나의 경계가 없
는, 장자莊子의 정신, 만물제동萬物濟同의 세계가 그 바탕에 있
다. 첨삭을 가하지 않은, 무작위적으로 쓰여진 이 시는 현실
적으로 불가능한, 꿈을 꾸고 있는 듯한 황홀한 감정 상태를
자동기술한 것이다. 어쩌면 현실의 경계를 허무는 상상의 날
개를 달고 자유롭게 날고 있는 황홀경의 정신상황을 표출한
것으로 볼 수 있다.

초현실주의의 시적 방법론 가운데 데뻬이즈망Dépagemant이
있다. 국적을 바꾼다는 뜻의 이 용어는 전위轉位, 또는 절연絶
緣으로 번역되기도 한다. 현실적인 언어는 오랫동안 사용되
면서 관습화 되어 고정된 의미의 틀에 갇히게 된다. 한 개의

언어에 하나의 의미로만 통용되면서 시적 함축성을 잃게 된다. 이런 관습화 된 언어에 새로운 생명을 불어넣고, 고정관념의 한계를 뛰어넘기 위하여 초현실주의자들은 데뻬이즈를 시도 했다. 언어를 인습적으로 타성화 된 문맥의 자리에서 전위, 또는 절연시킴으로써 현실의 족쇄를 풀고자 한다. 이미 현실적으로 예약되어 있는 문맥의 전후관계를 차단하고 절연시켜 새로운 의미의 창출, 경이의 이미지를 얻고자 했다. 또 이질적인 다양한 소재의 합성은 융이 말한 '원형의 혼합'과 내통하게 된다. 프로이드는 '꿈은 이상스럽게도 대립물을 동일물로 만들어버린다든가, 아니면 하나의 것, 동일한 것으로 표현한다.'고 했다. 이런 꿈의 이미지 실현을 위한 오브제를 '환영의 오브제'라 한다. 초현실주의 화가 살바도르 달리가 말한 '편집광적 비평'과도 통한다. 편집광적 사고가 당돌하게 출현시키는 환각은 이질적 이미지들이 서로 충돌하는 정신세계다. 졸시 「녹색화면」은 이런 작시법의 원리를 원용해 본 것이다.

S라인의 길 위에/ 젖은 유방이 떨어져 있다./ 봉분 같은 엉덩이 뒹굴고/ 짙은 안개 스며 들어와서/ 깊은 숲속, 우울을 깨운다./ 우수의 녹색 날개들이/ 길 위에 가득 쌓여 있고/ 그 위를 자동차 바퀴가 굴러간다./ 자동차여,/ 너의 유리창 너머로/ 스치듯 지나가는 부끄러움을/감추고 싶어서 여미고 또 여민 속살,/ 여리고 여린, 은밀한 녹색 성감대/ 비경秘境의 문을 열고 싶어서/ 바퀴는 구르고 또 굴러가는데/ 이미 무성하게 자란 슬픈 억새들이 / 너의 둔덕 위로 기어오르고 있다./ 아직 오부능선쯤 달

려온 것 같은데/ 벌써 S라인의 꼭지 점에 서서/다시 시
동을 걸지만/ 아득한 부끄러움이 발밑/ 절벽 아래서/ 푸
른 가지를 흔들고 있다.

– 졸시 「녹색화면」 전문

졸시 「녹색화면」은 표면상 산의 정상으로 가기 위하여 S코
스를 달리고 있는 자동차의 모습이다. 그렇지만 그 이면에는
이미 인생의 황혼에서 뒤를 돌아보고 있는 생의 허무가 자리
한다. 거기에다 이제 나이가 들어 퇴행하고 있는 성 의식이
덧칠되어 있다. 그러다 보니 S코스의 길은 여체를 연상시키
는 S라인으로 치환되고 산의 정상을 향하여 가고 있는 자동
차는 여체를 탐하는 남성 이미지로 전위된다. 그렇다면 산속
의 녹색은 우울, 우수, 부끄러움 등을 내포한 여성 이미지로
받아들여질 수밖에 없다. 따라서 비경은 산의 비경이면서 여
체의 비경이고, 자동차는 자연 속을 질주하는 문명의 횡포이
면서 여성을 억압하는 남성의 폭력으로 동일화 된다. '슬픈
억새가 둔덕을 기어오른다.'는 것은 언덕에서 번식하는 자연
물로서의 억새인 동시에 성의 절정을 향하여 가고 있는 과정
을 형상화한다. 그리고 억새는 여성의 국모와 그 이미지가
겹친다. 그러나 이 모든 것이 인생의 황혼에서 보면 다 허무
한 것이다. '오부능선'도 표면상 산의 한 지점이지만, 성행위
에서 절정에 도달하지 못한 어느 지점이고, 인생에서 지나쳐
온 어느 시점을 함축한다. 아직 오부능선 쯤 넘은 것 같은데
벌써 인생의 막다른 황혼에 들어선 자신을 발견했을 때, 우
리는 생의 허무감에 젖을 수밖에 없다. 여기서 S라인의 꼭짓
점은 생의 막다른 길목이고 동시에 산의 정상이고, 성의 꼭

짓점이다. 여기서 젊은 시절로 되돌아가고 싶은 욕망이 밀고 올라와 시동을 다시 걸어보지만 이미 퇴행하고 늙어버린 성과 인생은 되돌아갈 수 없다. 아득한 부끄러움이란 이제 까마득한 추억으로만 남아있는, 때 묻지 않은 순수했던 한때의 젊은 시절을 암시하지만, 산의 정상에서 내려다 본, 손이 가닿지 않는, 아득한 절벽 아래의 푸른 가지와 다를 바가 없다. 이렇게 시「녹색화면」은 원거리 이미지의 폭력적 결합, 곧 전위의 시적 논리로 나름의 시의 미학을 이루고자 했다. 언어에 경이의 혁명을 가하고자 했던 이 방법론이 이 시에서 얼마만큼 구현되었는지는 독자들이 판단할 몫이다.

나이 탓일까? 절벽에서 미끄러지는 절망감을 안고 있는 시간이 많아진다. 시간은 우리들을 절망의 수렁으로 몰고 간다. 시인으로서 나를 절망하게 하는 것은 언어다. 시의 언어는 내놓는 순간 내 의도와는 다른 길로 가고 만다. 오히려 부메랑이 되어 어느새 언어의 족쇄에 발목이 잡힌다. 말의 전달 기능에 대해서 나는 늘 회의적이다. 이성이란 왕도를 버리고 난 뒤, 현대인의 화법은 늘 단절 선상을 헤매고 있다. 어쩌면 보편적 이성의 죽음이 초래한 사상의 결과일 수도 있다. 단절의 언어가 지배하는 현대는 타자와의 의사소통을 거부한다. 자기주장만 있고, 적대감만을 양산하는 언어는 우리들을 고독의 늪에 빠지게 한다.

흔히들 시는 언어의 예술이라고 한다. 시의 원론에 해당하는 말이지만 시인에게 있어서 언어는 희망이자 절망이다. 생명의 언어를 얻기 위하여 시인은 고뇌하지만 언어는 절망처럼 엄청난 벽으로 다가온다. 그래서 언어로부터의 해방을 꿈꾸며, 언어에 비수를 꽂기도 하고, 언어를 부정해 보기도 한

다. 그러나 시인은 언어의 감옥에서 벗어날 수 없는 수인囚人
이다. 언어의 수인으로써 어떻게 하면 존재의 근원에 도달할
수 있는 시의 언어를 획득할 수 있을까 고심해온 과정이 나
의 시 쓰기다. 이상에서 언급한 자동기술법이나 절연의 시
미학 역시 내가 시 쓰기 과정에서 한때 심취했던 시의 언어
를 얻기 위한 고뇌의 한 흔적들이다.

사이펀 현대시인선 21

꿈의 방정식

© 2024 최휘웅

초판인쇄 | 2024년 4월 10일
초판발행 | 2024년 4월 15일

지 은 이 | 최휘웅
펴 낸 이 | 배재경
펴 낸 곳 | 도서출판 작가마을
등   록 | 제 2002-000012호
주   소 | 부산시 중구 대청로141번길 3, 501호 (중앙동, 다온빌딩)
          서울시 도봉구 도당로 82 (방학동, 방학사진관 3층)
          T. 051)248-4145 F. 051)248-0723 E. seepoet@hanmail.net

ISBN 979 - 11 - 5606 - 256 - 1 03810   정가 12,000원

※ 본 도서는 2024년 부산광역시, 부산문화재단 지역문화예술특성화지원
'부산문화예술지원사업'으로 지원을 받았습니다.